KB045281

웹소설 작가를 위한 장르 가이드 4

SF

웹소설 작가를 위한
장르 가이드 ❹

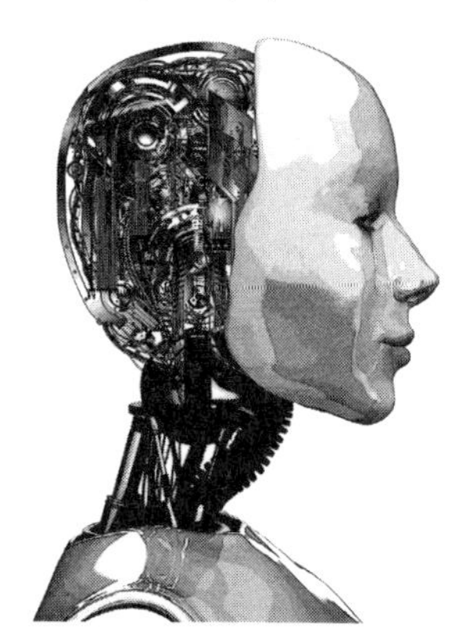

Science Fiction

SF

전홍식·김창규 지음

북바이북

| 서문 |

웹소설이라는 낯선 단어가 눈에 띄기 시작한 것은 2010년 이후였다. 웹툰이 먼저 있었다. 인터넷으로 볼 수 있는 만화인 웹툰이 점차 가시적인 성과를 보이면서 강풀과 조석 등 대형 스타 작가도 등장하고, 윤태호의 〈미생〉이 단행본 만화로 출판되어 200만 부를 넘어서고 드라마로도 성공을 거두었다. 인터넷에서 사람의 관심을 끌기 위해 시작된 웹툰이 대중문화의 중심으로 우뚝 선 것이다. 웹소설은 웹툰이 걸었던 길을 따라간다고 볼 수도 있다.

그러나 이미 인터넷 소설이 있었다. 1990년대, 인터넷이 활성화되기 이전 PC통신 게시판에 올린 소설이 인기를 끌었다. 이영도의 『드래곤 라자』와 이우혁의 『퇴마록』을 비롯해 유머 게시판에 올라온 『엽기적인 그녀』와 귀여니의 『늑대의 유혹』 등도 화제였다. 수많은 네티즌이 열광하며 읽었던 인터넷 소설은 책으로 출간되어 수십만, 수백만 부가 팔려나갔다. 『퇴마록』과 『늑대의 유혹』 등은 영화로 만들어졌고, 『엽기적인 그녀』는 한국만이 아니라 할리우드와 중국에서도 영화화되는 등 엄청난 인기를 끌었다. 인터넷 소설의 대중적 인기는 얼마 가지 못해 사그러들었지만, 마니아들은 여전히 남아 있었다.

독자는 언제나 재미있는 이야기를 갈구한다. 최근 조사에 따르면 출판시장에서 국내소설보다는 외국소설이 훨씬 많이 팔리고 있다. 국내소설을 고르는 기준이 작가인 것에 비해, 외국소설은 재미있는 이야기였다. 국내소설은 여전히 순문학이 주도하며, 문장력과 주제의식이 중요하다고 생각한다. 그래서 흥미롭고 즐거운 이야기를 찾는 독자들은 외국소설을 읽게 된다. 베르나르 베르베르, 무라카미 하루키, 히가시노 게이고…

인터넷 소설이 인기를 끌었던 것도, 당시의 젊은 층에게 어필할 수 있는 이야기와 정서를 가지고 있었기 때문이다. 한때 일본에서도 인터넷 소설, 일본판 웹소설이라 할 게타이(휴대폰) 소설이 한참 인기였다. 『연공』, 『붉은 실』 등이 대표적이다. 일본에서 게타이 소설이 젊은 층에게 인기를 끄는 이유는 이랬다. 장르의 애호가가 직접 소설을 쓴다, 연령대가 비슷하여 작가와 독자의 거리가 가깝다, 실시간으로 반응이 오가며 작품에 반영된다, 철저하게 엔터테인먼트 지향이다. 인터넷 소설이 인기 있었던 이유도 비슷했고, 지금 인터넷 소설의 적자라 할 웹소설도 마찬가지다. 과거에는 주로 컴퓨터로 보던 것이 모바일로 바뀌면서 웹소설이라고 이름만 바뀐 것이다.

지금은 '스낵 컬처snack culture'라는 말이 유행이고, 잠깐 즐겁게 소비할 수 있는 문화와 오락이 대세가 되고 있다. 그런 점에서 웹소설은 웹툰보다도 간단하고 용이하게 소비될 수 있는 장르다. 이야기도 필요하지만 그림이 필수적인 웹툰과 비교한다면 웹소설은 진입장벽이 더욱 낮다. 그래서 더 많은 작가가 뛰어들 수 있고 다양한 이야기가 빨리 많이 만들어질 수 있다.

이미 네이버웹소설을 비롯하여 조아라, 문피아, 북팔, 카카오페이지 등 주요 플랫폼에서는 엄청난 양의 웹소설이 올라오고 있다. 네이버웹소설이 공모전을 하면 장르별로 4, 5천 개의 작품이 들어온다. 그만큼의 예비 작가가 있는 것이다. 모 플랫폼의 경우 한 달에 천만 원 이상의 수익을 올리는 작가가 30명이 넘어간다고 한다. 네이버는 그보다 많을 것으로 추정된다. 기존 문단에서 창작으로만 이 정도의 수익을 올리는 작가는 열 손가락으로 꼽을 정도다.

과거의 인터넷 소설이 유명무실해진 것은, 작가가 수익을 올릴 수 있는 방법이 종이책밖에 없었기 때문이다. 인터넷 소설을 게시판에 올려도 수익이 없기에 안정적으로 창작을 할 수 없었다. 하지만 지금은 웹툰이 닦아놓은 기반 위에서 웹소설도 유료화 정책이 가능해졌다. 인기를 얻는 만큼 수익도 많아진다. 웹소설이 아직까지 대중적으로 유명해졌다고 말하기는 힘들지만 산업적으로 자리를 잡아가고 있는 것은 분명하다. 그리고 젊은 층을 중심으로 점점 인기가 높아지고 있다. 종이책으로 따지면, 대중적으로 인지도는 약하지만 라이트 노벨의 판매가 일반 소설에 못지 않은 것과 비슷하다.

웹소설은 한창 성장 중이고, 여전히 작가가 필요하다. 하지만 뛰어난 작가의 수는 절대적으로 부족하다. 웹소설을 지속적으로 소비하는 마니아만이 아니라 일반 소설을 읽는 독자의 마음도 사로잡을 정도의 작품을 내는 작가는 많지 않다. 그렇기에 지금 웹소설 작가에 도전한다면 그만큼 성공의 기회도 많다고 할 수 있다.

형식으로만 본다면 웹소설은 대중적인 장르소설이라고 할 수 있다. 로맨스, 판타지, 무협, SF, 미스터리, 호러 등 장르적인 공식을 이용하여 만들어지는 다양한 이야기를 말한다. 소설과 영화에서 장르가 만들어진 것은 대중의 선택을 쉽게 하기 위해서였다. 각자 자신이 선호하는 장르를 찾아내면 지속적으로 즐기게 된다. 마찬가지로 일본의 라이트 노벨에도 모든 장르가 포함된다. 인기 있는 장르는 로맨틱 코미디, 어반 판타지urban fantasy, 스페이스 오페라space opera, 청춘 미스터리, 전기 호러 등이다. 서구의 할리퀸 소설이 판타지와 결합하고 팬픽이 더해지면서 확장된 영 어덜트young adult 역시 수많은 장르를 포괄한다.

그러니 웹소설을 쓰겠다고 생각한다면 일단 장르에 대해 고민해볼 필요가 있다. 내가 어떤 장르를 가장 좋아하는지, 어떤 장르를 가장 잘 쓸 수 있는지… 보통은 내가 좋아하는 장르를 쓰는 것이 제일 수월한 길이다. 내가 보고 싶은 작품을 내가 쓰는 것. 그러기 위해서는 내가 많이 읽어왔다고 해도, 장르에 대해 조금 더 자세하게 알 필요가 있다. 판타지라고 썼는데 독자가 보기에 전혀 다른 설정과 구성이라면, 작품의 완성도와 상관없이 욕을 먹는 경우도 생긴다. 한 장르의 마니아는 선호하는 유형이나 장르 공식이 있는 경우가 많기 때문이다.

'웹소설 작가를 위한 장르 가이드'는 웹소설 작가를 지망하는 사람들을 위해서 기획된 시리즈다. 시작은 KT&G 상상마당에서 진행된 웹소설 작가 지망생을 위한 강의였다. 이전에도 소설 창작 강의는 많이 있지만 의외로 장르에 대해 알려주는 과정은 거의 없었다. 대부분 소재를 찾는 방식, 문장력을 키우는 법, 주제의식 등에 대한 강의였다. 그러나 장르를 쓰기 위해서는 지식도 필요하고, 테크닉도 필요하다. 미스터리를 쓰려면, 일단 미스터리가 무엇인지 알아야 한다. 고전적인 미스터리는 무엇이고, 어떤 하위장르로 분화되었고, 지금은 어떤 장르가 인기를 얻고 있는지 등. 또 로맨스를 쓰려면 로맨스는 어떻게 시작되었고, 할리퀸 로맨스란 대체 무엇인지 등을 기본적으로 알아야 한다. 자신의 일상을 담은 소설이나 장르에 구애받지 않고 대하소설을 쓰는 것도 얼마든지 가능하지만 하나의 장르에 기반하여 혹은 복합적인 장르를 활용하여 소설을 쓰고 싶다면 우선 장르에 대해 알아야 한다. 또한 오늘날에는 로맨스 장르만 하더라도 설정에 타임 슬립이나 판타지가 끼어드는 등 장르가 결합되는 경우도 점점 많아지고 있다.

웹소설은 대중적인 소설이고, 재미있는 소설이다. 재미있는 이야기를 만들어내고, 독자가 원하는 캐릭터가 마음껏 움직이는 소설이라고나 할까. 엔터테인먼트를 내세우는 소설이라면 가장 먼저 독자의 기호와 취향 그리고 만족이 앞서야 한다. 그 다음이 작품성이다. 주로 킬링 타임이지만 가끔은 지대한 감동을 주거나 깨달음을 주는 작품이 나오기도 한다. 그렇게 장르는 발전한다. 아직은 웹소설이 변방에 머물러 있지만 점점 더 중심으로 다가올 것이다. 그러기 위해서는 더 많은 작가와 작품만이 아니라 더 뛰어난 작가와 작품이 필요하다. 당신이 필요한 이유다.

김봉석

차례

1

SF란 무엇인가?

SF의 정의

SF Science Fiction란 '과학적Science 상상력Fiction을 펼쳐낸 이야기'이다. 흔히 SF하면 우주, 로봇, 시간 여행, 컴퓨터, 가상현실 같은 것을 떠올리지만, 이들은 모두 '과학적 상상력'을 위한 소재이자 도구일 뿐, SF의 본질은 아니다. 우주나 미래가 아니라 지구의 과거라도, 로봇이나 컴퓨터가 없고, 시간 여행 같은 것을 하지 않아도 SF가 될 수 있다.

이야기를 선개하는 네 '과학적 상상력'이 곁들여져 있다면, 그것이 가공의 세계인지 아닌지는 중요하지 않다. 지금 이 순간 내가 사는 동네 어딘가도 SF를 위한 무대가 될 수 있다. '과학적 상상력'이란 '(무언가에 대해서) 과학적으로 상상하는 것'을 말한다. 뭔가 어려워 보이지만, 어떤 것이건 그럴듯하게 생각하면 충분히 과학적 상상이 된다.

그림 1 외계인 난민촌의 사건을 그린 〈디스트릭트 9〉

예를 들어 외계인이 지구를 방문했다고 가정해보자. 어떤 일이 벌어질까? 그들이 침략의 사자라서 지구를 파괴할 수도 있고, 우호의 사절로서 평화의 메시지와 함께 교류가 시작될지도 모른다. 어쩌면 말이 통하지 않아서 아무것도 못하고 떠나버릴 수도 있다.

이처럼 뭔가를 가정하고 여기에 '상상'을 더하면 무수한 이야기가 떠오르고 흥미로운 장면이 펼쳐진다. 여기에 약간의 '과학 상식'을 더하면 이야기가 확장되어 그럴듯해지고, 정말로 있을 것처럼 느껴진다. 약간의 과학을 더해서 상상하여 정말로 있을 것 같은 설득력을 주는 이야기. 그것이 바로 SF, 과학적인 상상을 담은 이야기이다.

이야기 속에 과학적 상상력이 담겨 있고 그것이 적당히 흥미롭다면, 그 자체로 좋은 SF가 될 수 있다. 가령 '기묘한

병으로 시력을 잃어가는 사람'처럼 지극히 현실적 상황에서도 SF로서의 이야기는 충분히 나올 수 있으며, '옆집 아저씨의 이상한 행동'에도 과학적 상상력을 적용할 수 있다. 심지어 원시인이 불을 얻기까지의 여정을 그린 영화 〈불을 찾아서〉 같은 작품도 SF라고 부른다. 이는 그 안에 고대 세계의 가능성에 대한 과학적 상상력이 담겨 있기 때문이다.[1]

SF와 과학

'과학적 상상력'은 SF를 그럴듯하고 재미있게 만드는 요소지만, 동시에 SF를 어렵게 느끼게 하는 요인이기도 하다. 흔히 과학은 과학자만 다루는 것이며 어려울 거라 생각하기 때문이다. 하지만 과학은 과학자만의 영역이 아니며, 과학이 어렵다고 해서 SF를 어렵게 생각할 필요는 없다. SF에는 과학적으로 가능한 것만 나오는 것이 아니므로, SF작품을 보거나 쓰기 위해 따로 과학을 공부해야 하는 것은 아니다.

방사능에 노출된 거미에 물렸다고 벽을 타고 이동하는 능력을 얻을 수는 없으며, 몸무게 3만 톤에 방사능 화염을 내뿜는 괴수가 탄생할 리도 없지만, 우리는 〈스파이더맨〉이나 〈고지라〉를 SF 영화라고 말한다. 또한 완벽한 가상현실 시스템은 만들어지지 않았으며, 현대 과학기술로는 결코 실현할 수 없음에도 우리는 〈매트릭스〉를 SF 영화라고

---

1. 일반적으로 이런 작품은 사이언스 판타지Science Fantasy로 본다.

부른다.

과학자의 조언을 받아 '상대성이론을 영상으로 실현한 가장 완벽한 영화'라고 칭송받는 〈인터스텔라〉도, 과학자들이 가장 과학적인 영화라고 극찬하는 〈2001 스페이스 오디세이〉도, 현존하는 기술을 이용해서 우주 조종사들에게 호평을 받은 〈그래비티〉에도 많은 과학적 오류가 있다.

앤디 위어의 소설 『마션』의 주인공은 화성에서 강한 폭풍에 의해 조난되지만, 실제로 화성은 공기 밀도가 매우 낮아서 아무리 풍속이 높아도 안테나가 부러질 만한 일은 벌어지지 않는다. 사실 작가도 이를 알면서 이야기 전개를 위해서 설정했다고 하는데, 이는 SF가 과학을 설명하는 작품이 아니라 과학적 상상력으로 재미를 주는 장르이기 때문이다.

SF에서 과학은 이야기 전개를 위해 취사선택할 수 있는 도구이다. 하지만 과학 지식을 염두에 둔다고 해서 나쁠 건 없다. 도구의 사용법을 잘 알면 활용의 폭이 넓어지듯, 과학 지식과 설정을 잘 이해하면 그만큼 이야기를 재미있게 만들 수 있다.

마이클 크라이튼의 『쥬라기 공원』은 나무 진액으로 만들어진 호박 안에 공룡의 피를 빤 모기가 보존될 수 있다는 상식에서 출발한 이야기이며, 『마션』은 나사NASA의 화성 탐사 계획을 바탕으로 만들어진 이야기이다. SF를 만들기 위해서 과학자가 될 필요는 없지만, 과학 지식을 알면 SF를

그림 2 쥘 베른의 소설을 바탕으로 한 영화 〈잃어버린 세계를 찾아서〉

더 재미있게 즐기며 만들 수 있다. 이를 위해 어려운 과학책을 봐야 하는 건 아니다. 앤디 위어가 인터넷 정보로 『마션』을 썼듯, 어린이용 과학책이나 잡지, 블로그나 위키백과에서도 SF의 아이디어를 충분히 얻을 수 있다.

과학 지식은 당대의 과학기술의 제약을 받는다. 17세기 초 과학자인 케플러는 『솜니움Somnium』[2]이란 작품에서 우주여행의 가능성을 보여주었다. 『솜니움』은 갈릴레이와 함께 당대 최고 천문학자였던 케플러의 지식이 충실하게 반영된 좋은 작품이지만, 정령에게 얻은 마법적 지식으로 우주를 여행한다는 설정밖에 할 수 없었다. 에드거 앨런 포는 기구를 이용해 달로 날아가는 것을 상상했으며, 쥘 베른 역시 대포밖에 떠올리지 못했다. 현실의 과학기술이 발전할수록 기존 SF 속의 과학 설정은 낡은 내용이 될 것이다. 하지만 대포를 타고 달로 향하는 쥘 베른의 『지구에서 달까지』가 여전히 사랑받듯이, 〈인터

---

2. 솜니움은 라틴어로 '꿈'이라는 뜻이다. 『솜니움』은 튀코 브라헤의 제자가 초자연적인 힘에 의해 달로 여행을 간다는 이야기로, 칼 세이건은 이 작품을 최초의 SF 소설로 평가했다. 주인공의 어머니가 정령으로부터 우주여행 방법을 배운다는 설정으로 인해 케플러의 어머니가 마녀로 몰리는 사태가 벌어지기도 했다. 결국 무죄가 입증되었지만, 케플러의 어머니는 오랜 옥고로 인해 병사했다.

스텔라〉 역시 은하를 넘나드는 시대가 되어도 고전으로 사랑받을 수 있을 것이다.

SF와 상상

SF는 과학 지식에서 영감을 얻지만, 당대 과학에만 한정되지 않는다. 고다드가 최초의 로켓을 실험하기도 전이었던 20세기 초, H. G. 웰스는 소설 『달세계 최초의 인간』에서 카보나이트라는 원리를 알 수 없는 반중력 장치를 이용하여 달나라로 날아가는 이야기를 펼쳐냈다. 그 밖에도 웰스는 『우주전쟁』, 『타임머신』, 『투명인간』, 『모로 박사의 섬』 등의 작품에서 세 발로 걸어 다니는 거대한 전투 병기나 시간 여행 장치, 투명해지는 기술, 인간과 합성된 동물 등 현대 기술로 봐도 놀라운 상상력의 설정들을 소개했다. SF가 과학 이야기가 아닌 과학적 상상력의 이야기라고 할 때, SF 속의 상상은 현대의 과학기술을 넘어서 은하를, 대우주를, 그리고 초차원의 세계를 넘나드는 가능성을 제공한다.

현재 과학적으로 인간을 축소할 수는 없지만, 곤충과 함께 활약하는 〈앤트맨〉은 충분히 재미있고, 강화복으로 하늘을 자유롭게 날아다니는 기술이—적어도 당분간은—불가능하다고 해서 〈아이언맨〉의 재미가 줄어들지는 않는다.

이 같은 재미를 이끌어내려면 '현재의 과학기술'이라는 제약에 묶이지 않고 이야기를 위해 무엇이 필요한가를 생

각하고, 여기에 작가 나름대로의 과학적 설정을 곁들이는 것이 좋다. '거미처럼 벽을 타고 실을 뿜으며 날아다니는 슈퍼 영웅 이야기'를 만들기 위해 '특수한 실험에 사용된 거미에게 물려서 유전자가 변해버린다'는 설정을 도입한 〈스파이더맨〉처럼, 그럴듯해 보이는 설명을 더하면 더욱 설득력 있는 이야기가 된다.

중력이라는 개념이 있다면 반중력도 가능할 것이고[3], 빛을 통해 물체를 볼 수 있다면 빛을 차단해서 안 보이는 기술을 상상할 수도 있을 것이다.

상상에 약간의 설명을 더하면 이야기는 더욱 그럴듯해 보이겠지만, 설명은 이야기에 재미를 줄 때만 필요하다. 영화 〈백투더 퓨처〉 같은 시간여행 이야기에서 시간을 건너뛰는 방법을 설명할 필요는 없다. 중요한 것은 누군가가 시간을 뛰어넘어 과거로 가게 되면서 여러 가지 사건이 일어나고, 그 과정에서 지금 이 순간이 소중하다는 사실을 알려주는 이야기기 때문이다.

현대 과학에 얽매이지 않는 상상력은 새로운 SF가 될 수 있으며, 과학의 지평을 넓혀주기도 한다. 로버트 A. 하인라인의 소설 『스타십 트루퍼스』에 처음 등장한 강화복은 〈아이언맨〉 같은 작품으로 대중화된 SF 설정이며, 실제로 실용화되고 있다. H. G. 웰스의 소설 「자유로워진 세계」에서 선보

---

3. 실제로 우주에는 우주를 팽창시키는 에너지가 존재한다.

인 가상의 원자력 기술은 과학자 레오 실라르드에게 영감을 주어 원자폭탄이 실현되는 결과를 낳기도 했다.

SF에 있어 상상은 재료이며, 과학은 도구이자 양념이다. 과학적 설명에 집착할 필요는 없지만, 적당한 양념은 SF를 더욱 그럴듯하게 만들어준다. 하지만 재료가 나쁘면 아무리 양념을 쳐도 소용없듯이, 좋은 SF를 만들고 싶다면 좋은 상상이 필요하다.

1960년대 말 드라마 〈스타트렉〉 제작진에게 한 가지 문제가 있었다. 우주를 돌아다니며 미지와의 만남을 다양하게 그려내자면 우주선이 지상에 내려앉아야 했는데, 당시에는 특수기술이 발달하지 않아 제작비가 많이 들었던 것이다. 고민 끝에 그들은 양자전송이라는 물질 전송 기술을 차용하여 사람을 원하는 곳에 나타나게 함으로써 이 문제를 해결했다. 제작상의 문제를 해결하기 위해 만들어낸 이것은 〈스타트렉〉을 대표하는 설정[4]으로서, 행성 간의 이동뿐만 아니라 양자전송으로 사람이 둘이 되거나 성격이 변하거나, 적함에 병력을 침투시키는 등 다양한 이야기에 활용되었으며, 애니메이션 〈비디오전사 레자리온〉 같은 여러 작품에 영감을 주었다.[5]

---

4. '빔 미 업Beam me up(나를 전송시켜줘)'이라는 말은 아이폰의 전자 비서, 시리Siri에서도 인식할 만큼 대중적이다.

5. 물체를 이동시키는 물질 전송 개념은 에드워드 페이지 미첼의 소설 『몸이 없는 남자』(1877)에 가장 먼저 등장했다. 영화 〈더 플라이〉(1958)에도 이 같은 설정이 나오지만, 〈스

그림 3 역사상 최초로 우주선 속의 쓰레기장을 연출한 〈스타워즈〉

과학적 상상력을 가진 SF를 만들 때는 단순히 특이한 무언가를 만드는 데 그치지 말고, 그 이야기를 접하는 사람이 자연스럽게 받아들일 수 있도록 만들어야 한다. 마법이건 과학이건 뭔가 그럴듯한 설득력이 필요하다.

"오랜 옛날 머나먼 은하계에서…"로 시작되는 〈스타워즈〉가 전 세계 사람들에게 호평받은 이유는 그것이 단순히 특이한 이야기가 아니라, 저 멀리 어딘가에서 벌어질 것 같은 (아니면 벌어지고 있을 것 같은) 이야기이기 때문이다. 수많은 외계인이 술집에서 잡담을 나누고, 최신식의 거대한 우주 요새에 악취가 나는 쓰레기장이 등장하며 사막에 버려진 전함에서 빼낸 부품을 팔아먹는 사람들이 등장하는 세계. 분명히 특이한 세계이지만, 거기에서도 사람들은 살아

타트렉〉에서 다룬 양자전송이 가장 대중적이고 보편적으로 알려져 있다.

가고 이야기가 펼쳐진다. 무한한 세계에서 펼쳐지는 다양한 이야기, 그것이야말로 과학적 상상력에 의해 만들어진 SF의 가능성이다.

SF와 판타지

가공의 세계를 무대로 상상의 이야기를 펼쳐내는 장르, 그 중에서도 특히 SF와 판타지를 구분하는 것은 쉽지 않다. 〈스타워즈〉는 SF의 하위 장르인 스페이스 오페라로 분류하지만, 판타지라고 하는 사람도 적지 않으며 우주 무협물로 부르기도 한다.

SF와 판타지는 우리가 살아가는 세계를 바탕으로 새롭게 창조한 '세계관世界觀'[6]을 통해 특이한 이야기를 만들어나가는 장르이다. 특이한 마법이나 과학기술이 등장하고, 에일리언이나 용 같은 괴물이 나타나거나 인간 세상과는 다른 기묘한 정치체제나 사회제도가 등장하기도 한다.

일반적으로 마법을 사용하면 판타지, 과학기술이 등장하면 SF라고 하지만, "충분히 발달된 과학은 마법과 구분할 수 없다"라는 아서 C. 클라크의 말처럼 마법과 과학기술은 간단히 나눌 수 없다.

그리스에는 불을 붙이면 자동으로 문이 열리는 신전이

---

6. 세계 전체에 대한 의의나 가치를 가리키는 철학적 견해나 인생관. 판타지, SF 같은 작품에서 세계의 역사나 배경 설정, 생태계나 인물 관계 같은 전반적인 설정만이 아니라, 그 세계의 인물들이 세상을 바라보는 관점도 함께 담고 있다.

있었다. 헤론이라는 발명가가 만든 이 문은 당대에는 '신비한 마법의 문'으로 여겨졌지만, 지금은 초등학생도 이해할 수 있는 '열을 가하면 물이 팽창하는 원리를 이용한 초보적인 증기 기관'에 불과하다.

흔히 판타지의 대표작으로 『반지의 제왕』을 꼽지만, 여기에 등장하는 절대반지가 사실은 외계의 기술로 만든 특수 장치이고, 그 세계의 신들은 다른 차원에서 온 존재일 수도 있다. 실례로 게임 〈스타크래프트〉에는 젤 나가라는 신이 등장한다. 프로토스 종족이 신으로 받드는 그들은 사실 기술이 발달한 외계인이며, 프로토스 종족과 저그 종족은 젤 나가들이 인공적으로 만들어낸 존재이다. 또한 좀비라는 판타지 요소에 바이러스라는 과학적 양념을 치면 〈바이오해저드〉 같은 작품이 탄생하며, 흡혈귀조차 바이러스로 설정할 수 있다.

이처럼 마법이나 과학으로 SF와 판타지를 구분하기는 어렵다. 과거를 무대로 마법을 사용하면 판타지, 미래를 배경으로 과학기술이 등장하면 SF라고 부르곤 하지만, 둘을 구분하지 않을 때 좀 더 편하게 이야기를 만들 수 있다.

그렇다고 SF와 판타지를 구분하는 방법이나 의미가 전혀 없는 것은 아니다. 우선 과학적 상상력이라는 말 하나만으로 SF는 정말로 존재할 것 같은 가능성과 기대감을 준다. 〈해리포터〉 시리즈를 보면서 "나도 마법사가 될 거야"라고 생각하는 사람은—적어도 청소년 이상에선—찾기 힘들지만, 영화 〈인터스텔라〉를 보면서 "나도 우주를 여행하고 싶다"라고 생각하는 사람은 적지 않을 것이다. 실제로 일본의 로봇 개발자 중 대다수는 애니메이션 〈철완 아톰〉을 보며 성장했고, 미국에는 아이작 아시모프의 작품에서 이름을 딴 '아이, 로봇I, Robot'이라는 로봇 회사도 있다. 이처럼 사람들은 '과학'이라는 말만으로 SF 장르를 인식하며 실제로 가능하다고 느낀다.

SF와 판타지는 과학기술을 바라보는 시각에서도 차이가 있다. 『반지의 제왕』 같은 정통 판타지 작품에서는 화약이나 기계 장치 같은 과학기술은 악한 세력이 사용하는 부정적인 개념으로 소개되며, 악의 세력과 함께 사라진다.[7]

반면, 대다수의 SF에서 과학기술은 선하거나 악한 게 아니라 사용자의 의도에 따라 세상에 영향을 주는 도구로 소개되며, 한 번 등장한 과학기술은 결코 사라지지 않는다. 이는 SF가 진보적이고 판타지가 보수적이라서가 아니라, 판타지는 특별한 세계에서 펼쳐지는 모험에 초점을 맞춘 반면, SF는 과학과 기술에 의한 세상의 변화에 초점을 맞추기 때문이다.

---

7. 일각에서는 『반지의 제왕』에 등장하는 절대반지를 과학기술의 상징으로 해석하기도 한다. 작가인 J. R. R. 톨킨은 그러한 해석에 반대했지만, 전차나 독가스 등의 병기를 선보인 1차대전에 참전했던 작가의 체험이 곳곳에 나타난 것으로 보아 톨킨이 과학기술을 부정적으로 본다는 견해에 힘을 실어준다.

판타지는 '이랬으면 좋겠다'라는 꿈과 희망을 펼쳐내는 이야기이며, SF는 '이렇게 되면 어떻게 될까?'라는 가능성의 이야기이다. 그만큼 SF에서는 상상의 세계에서 펼쳐지는 모험보다 그 상상이 가져오는 결과에 좀 더 초점을 맞춘다. SF라는 장르의 '과학적 상상력'에 주목할수록 SF만의 매력이 드러나며, 작가만의 독특한 이야기를 구성할 수 있다.

하드 SF와 소프트 SF

흔히 과학이라고 하면 물리학, 화학 같은 자연과학만 떠올리기 쉽지만, 정치학, 사회학, 심리학 같은 사회과학 역시 과학의 일종이며, SF를 만드는 기반이 된다.

일반적으로 자연과학을 기반으로 한 작품을 하드Hard SF, 사회과학을 기초로 한 작품을 소프트Soft SF라고 구분한다.

하드 SF

하드 SF는 물리학, 화학, 생물학, 의학, 공학 같은 자연과학을 기반으로 엄격한 이론 설정과 묘사를 통해, 실현 가능한 아이디어를 구현한 작품을 가리킨다. 치밀한 과학 이론을 테마로 하는 작품으로 한정하기도 하지만, 넓은 의미에서는 자연과학을 바탕으로 한 모든 SF, 우리가 흔히 SF라고 부르는 작품 전반을 가리킨다.

하드 SF라고 하면 어렵고 딱딱한 내용을 생각하기 쉽지만 항상 복잡하고 어려운 것은 아니다. 상대성이론나 양자역학처럼 복잡한 내용뿐 아니라 중력이나 전기처럼 익숙한 과학 원리가 등장하는 이야기도 하드 SF로 볼 수 있다.

김보영의 단편소설 「당신을 기다리고 있어」는 결혼을 앞둔 한 사람이 멀리 떨어진 별을 향해 날아가는 이야기이다. 목적지까지는 빛의 속도로도 몇 년 거리지만, 광속으로 가깝게 날아가는 우주선에선—상대성이론에 따라—시간이 느리게 흐르고 탑승자 기준으로 몇 달 뒤면 도착할 수 있다. 하지만 사고로 여행 거리가 늘어나고 우주선 안에선 불과 몇 년 밖에 지나지 않았음에도 바깥에선 백 년이 넘는 시간이 흐르면서 사랑하는 두 사람이 멀어지고 만다.[8] 이처럼 「당신을 기다리고 있어」는 상대성이론이라는 과학 법칙과 그로 인해 일어나는 변화를 이야기의 중심에 두고 있다는 점에서 하드 SF로 볼 수 있지만, 결혼이라는 인간의 이야기를 다루고 있어서 친숙하게 다가온다.

자연과학을 소재로 한 하드 SF는 영상으로 볼 때 좀 더 편하게 다가온다. 영화 〈인터스텔라〉에서 주인공이 중력이 강한 별에 잠깐 내려갔다가 올라온 사이 우주선에 있던 동료가 노인이 된 장면을 통해 「당신을 기다리고 있어」에서 보여준 상대론적 시간 문제를 단번에 깨닫고 과학의 가

8. 속도나 중력의 영향으로 관측자의 시간이 느리게 흐를 수 있다는 것으로 우라시마 효과라 불린다.

능성을 느낄 수 있다. 이처럼 "이런 일도 가능하구나!"라는 감탄을 터트리게 만드는 것이 하드 SF의 묘미이자 즐거움이다.

하드 SF는 과학 기술에 의해 변화되는 세계를 보여주기도 한다. 아이작 아시모프의 '로봇 시리즈'는 '로봇 공학'이라는 시스템을 통해 로봇들이 인간의 삶에 어떤 영향을 주는지 잘 보여주었으며, 영화 〈매트릭스〉는 가상현실 시스템이 인간을 통제하는 미래 모습을 그려 지금 우리가 사는 삶이 가상은 아닌지 한 번쯤 의심하게 만들었다.

한편, 하드 SF의 한 종류로 가젯Gadget SF라는 것이 있다. 자연과학 기술이나 공학 장치를 중심으로 이야기를 펼치지만 과학 이론보다는 그 기술을 어떻게 사용하며 그로 인해 어떤 일이 일어나는지에 초점을 맞춘 작품을 말한다.

〈007 시리즈〉에 등장하는 본드카처럼 특별한 장치나 기술을 가젯이라 하지만, 본격적인 가젯 SF가 아닌 이상 그런 장치나 기술에 대한 과학적 이론은 중요하게 다루지 않는다. 가젯 SF는 이야기를 위해서 장치를 동원하며, 가젯이 이미 존재하는 세상을 배경으로 한다.

보통 하드 SF는 과학적인 이론을 제시하는 경향이 있기 때문에 특수한 도구나 장치가 만들어지는 과정, 또는 처음 적용하는 상황이 자주 그려지곤 한다.

예를 들어 우주 궤도까지 뻗은 궤도 엘리베이터의 설치

그림 4 가이낙스의 역작 〈건버스터〉. 미소녀와 로봇, 스포츠 근성물을 뒤섞은 작품으로, 우라시마 효과와 같은 하드 SF 요소를 잘 보여준다.

과정이나 이론적인 배경을 소개하는 아서 C. 클라크의 『낙원의 샘』 같은 작품은 하드 SF 색채가 강한 작품이다.

반면 설치된 궤도 엘리베이터의 기능을 이용해서 밀실 살인을 저지르는 이야기라면, 궤도 엘리베이터라는 가젯을 활용하는 방법을 보여주는 작품으로 가젯 SF에 가깝다.

로봇이라는 장치와 로봇 3원칙을 바탕으로 범죄를 해결하는 아이작 아시모프의 『강철 도시』나 가상현실 세계에서 벌어지는 이야기에 초점을 맞춘 〈매트릭스〉 같은 작품 역시 가젯 SF로 볼 수 있다.

하드 SF는 무언가를 완성하는 데 필요한 과학 이론과 설정에 집착하는 만큼, 창작 자체도 어렵거니와 독자들이 이해하기도 어렵다. 반면 가젯 SF는 이야기를 위한 장치를 만들어내고 장치의 특성을 통해서 이야기를 펼쳐내는 만큼 훨씬 자유롭고 편하다. 실례로 애니메이션이나 영화, 만화

같은 미디어로 익숙한 SF의 상당수는 가젯 SF이며, 장르소설에서도 하드 SF보다 가젯 SF를 많이 볼 수 있다.

소프트 SF

소프트 SF는 정치학이나 사회학, 역사학, 심리학 같은 사회과학을 기반으로 만든 SF를 가리킨다. 소프트 SF는 정치, 사회적 배경이나 역사의 변이, 심리학적 상황을 바탕으로 이야기를 구성한다. 이러한 작품들은 현실의 정치, 사회적인 상황을 과장하거나 반대로 바꾼 세계를 무대로 당대의 정치, 사회적 상황을 풍자하면서 작가의 정치, 사회적 의견을 드러내곤 한다.

예를 들어 영국의 정치 사상가인 토머스 모어는 『유토피아』를 통해 그가 생각하는 이상향을 제시했으며, 조지 오웰은 『1984』에서 철저한 통제 사회에서 무너져가는 개인을 보여주며 통제 사회가 얼마나 끔찍한지에 대해 말했다. 이후 유토피아utopia라는 말은 이상적인 세상을 부르는 대명사가 되었고, 『1984』에 등장한 빅브라더big brother란 용어는 통제 사회의 상징이 되었다.

소프트 SF의 역사는 그리스 시대로 거슬러 올라간다. 플라톤의 저서에는 아틀란티스라는 나라가 등장하는데, "오리칼쿰이란 기술을 사용하였고, 철학자가 왕이 되어 다스렸다"라는 설명은 실제 나라에 대해서 기록했다기보다는 당시 플라톤이 주장하던 철인 정치 사상을 옹호하는 내용이라고 볼 수 있다. '아틀란티스가 번영한 것처럼, 내 말대로 하면 우리도 번영할 수 있다'라는 것을 이야기로 엮은 것이다.[9]

소프트 SF의 소재로는 정치학, 사회학 이외에도 역사학, 심리학 같은 분야가 포함될 수 있으며, 기호학을 이용한 『푸코의 진자』나 『다빈치 코드』 같은 작품도 넓은 범위에서는 SF 유사 작품으로 생각할 수 있다.

한국에서는 하드 SF보다는 소프트 SF 성향의 작품이 대다수를 차지하고 있다. 그것은 꿈을 이루기 어려운 한국의 사회 상황과 함께 이공계 출신 작가가 많지 않기 때문이다.(물론, 이공계 전공자만 하드 SF를 쓸 수 있는 건 아니다.)

소프트 SF는 해당 사회의 어두운 면에 초점을 맞추어 이야기를 구성하는 경향이 있다. 『1984』처럼 사회의 문제점에 주목하며 때로는 과장이나 은유를 통해 우리의 삶을 비판한다. 또한 소프트 SF는 사회나 인간의 본성을 파고드는 작품이 많다. 과학기술보다는 사회현상을 파고들며 인간 삶의 희노애락을 철저하게 보여주면서 재미를 준다.

---

9. 플라톤은 아틀란티스에 대해 매우 상세하게 기술했다. 따라서 아틀란티스가 실제했다고 생각하며 그 존재를 찾아나선 이들도 많았다. 아틀란티스의 존재에 대해서는 다양한 주장이 있지만, 그리스 문명 이전에 번영했다가 화산에 의해 멸망한 미노스 문명이 모델이라는 가설이 가장 신뢰받고 있다.

SF를 크게 하드 SF와 소프트 SF로 구분했지만, 사실 이는 엄격한 기준이라기보다는 작품의 경향성을 나타내는 기준에 가깝다. 많은 SF 작품은 자연과학 이론만이 아니라 사회과학적인 상황, 그리고 그로 인한 장치를 활용하는 이야기가 혼재되어 있으며, 장편일수록 이런 경향을 보인다.

코리 닥터로우의 『리틀 브라더』는 9·11 사건 이후 국익을 명목으로 인권과 자유를 심각하게 침해하는 미국을 풍자하면서도, 최신 컴퓨터 기술로 이야기를 이끌어낸다. 아이작 아시모프의 『파운데이션』 시리즈는 심리역사학이라는 가공의 이론을 통한 사회 실험이 이야기의 중심이라는 점에서 소프트 SF에 가깝지만, 파운데이션이 성장하는 과정에서 다양한 과학기술을 활용하는 가젯 SF이기도 하며, 로봇 공학을 비롯한 온갖 과학 이론을 펼쳐내는 하드 SF의 경향도 적지 않다.

이처럼 많은 SF는 하드 SF와 소프트 SF의 성향을 동시에 갖고 있기에 엄격하게 구분하는 것이 어렵다.

한국에서의 SF

SF(Science Fiction)[10]를 뭐라고 번역해야 할까? '공상과학'이라고 부르는 사람이 많지만, 공상이라는 말이 허황된 느낌을 준다며 '과학소설'이라고 부르는 사람도 적지 않다.

SF에서 과학적 상상력이 중요한 만큼 과학을 기반으로 만들어진 이야기(과학소설)라고 부르는 것이 타당해 보인다. 하지만 '과학소설'

이란 용어는 소설 이외의 SF를 부르기에 적합하지 않으며('과학소설 영화'라고 부를 수는 없으니까) SF가 과학적으로 완벽해야 한다는 오해와 함께 딱딱하고 재미없는 인상을 주는 것도 사실이다. SF에서 상상이 더 중요하다는 점을 볼 때, '공상과학'이라는 말이 본질에 가깝게 느껴지는 것도 무시할 수 없다.[11]

'과학소설'과 '공상과학' 모두 일장일단이 있으며, 제각기 SF의 특성을 보여준다.

그렇다면, 어떤 용어가 좋을까? 이를 결정하기 전에 한 가지 생각해볼 것이 있다. 바로 SF를 '과학소설'이나 '공상과학'이라고 번역할 필요가 있는가 하는 점이다. 판타지를 굳이 '환상문학'이라고 부를 필요가 없듯이[12], 오늘날에는 SF(에스에프)라고 불러도 대부분의 사람들이 알아듣는다. 게다가 '스릴러'나 '밀리터리'처럼 SF라는 말이 번역한 용어보다 친숙하고 이해하기 쉽게 여겨진다.

그러니 복잡하게 고민하지 말고 SF(에스에프)라고 부르자. 아니 '과학소설'이나 '공상과학', '과학환상'이라고 불러도 상관없다. 중요한 건 SF가 과학적 상상력으로 재미를 느끼는 장르라는 걸 알고 즐기는 것이지, 그 용어가 아니다.

그래도 특정한 용어가 중요하다고 생각하면, 무작정 강요하거나 차별하며 화를 내지 말고 이를 주제로 이야기를 나누는 것도 좋다. 다양한 SF의 모습처럼 담론도 다양해질 것이며, 그만큼 한국 SF 문화가 풍족해질 테니까.

---

10. 사변소설Speculartive Fiction이라고도 한다.

11. 일본과 중국의 SF팬들이 '과학소설' 대신 '공상과학'이나 '과학환상(과환)'이라는 용어를 선택한 것도 과학보다는 상상(환상)을 더 중시했기 때문이다.

12. 판타지가 서양 중세풍 세계의 '검과 마법 이야기'에 국한되기 때문에 '환상문학'이라고 불러야 한다는 의견도 있다.

2

SF의 하위 장르

다양한 배경과 소재를 가진 SF는 비슷한 무대 설정이나 이야기 소재, 구성 양식 등으로 하위 장르를 분류한다. SF의 하위 장르에 대한 기준과 범위는 매우 다양하지만, 대표적으로 다음과 같은 것이 있다.

스페이스 오페라

스페이스 오페라Space Opera는 주로 우주를 무대로 펼쳐지는 활극으로 우주 해적과 영웅이 등장하고 괴상한 외계인과 사악한 암살자, 암흑 군주가 등장하는 〈스타워즈〉가 대표적이다. 〈카우보이 비밥〉, 〈가디언즈 오브 갤럭시〉처럼 우주를 무대로 무법자들이나 정의의 용사가 활약하는 활극부터 〈은하영웅전설〉, 〈배틀스타 갤럭티카〉같은 우주 전쟁물에 이르기까지 매우 다양한 형태가 있다.

스페이스 오페라는 모험 이야기에 초점을 맞추어 우주 여행에 대한 과학적 기술이나 이론적 설정은 중시하지 않는 경향이 있다.[1] 광속을 넘어선 초광속 기술은 기본이며 서로 다른 행성에 사는 외계인 사이에서 혼혈이 태어나고, 우주 어느 행성(이를테면 화성이나 금성)에서든 별다른 장비 없이 숨을 쉬며 살아간다. 심지어 소행성에서 괴물이 튀어나오고 우주복이 아닌 평범한 차림으로 우주를 돌아다니는 장면도 종종 볼 수 있다. 때문에 스페이스 오페라를 우주 판타지라고 하는 이들도 있지만, 〈스타트렉〉처럼 독자적인 과학적 설정을 구축하고 이야기를 진행하는 작품도 적지 않으며, 『파운데이션』처럼 역사나 사회학적인 관점에서 사실적인 이야기를 만든 작품도 많다.

"우주, 최후의 개척지Space, the final frontier"라는 〈스타트렉〉의 오프닝 문구처럼 스페이스 오페라는 우주를 향한 인류의 꿈을 충실하게 연출하고 미지에 대한 가능성을 펼쳐내 보여준다.

우주에 대한 꿈과 모험이 중요한 만큼, 그리스신화 속 오디세우스의 이야기를 우주로 옮긴 애니메이션 〈우주선장 율리시스〉나 『서유기』를 바탕으로 한 〈별나라 손오공〉처럼 무대만 우주로 옮겨도 스페이스 오페라가 된다. 여기에 우주의 독특한 생명체나 기묘한 행성을 등장시키고, 과학적

---

1. 소설 『성계의 문장』 시리즈처럼 독특한 우주여행 기술을 중요하게 다루는 작품도 있다.

그림 5 하드보일드적인 연출과 다채로운 군상의 모습으로 우주 활극의 매력을 충실하게 보여준 〈카우보이 비밥〉

설정을 엮어내면 더욱 흥미로운 이야기를 만들 수 있다.

실례로 많은 작품에서 바위 모양의 규소 생명체나 우주를 떠다니는 거대 생명체, 고중력 행성의 감옥, 바다 전체가 하나의 생명체인 행성 등이 등장한다.

퍼스트 콘택트물

퍼스트 콘택트First Contact물은 머레이 라인스터의 소설 『퍼스트 콘택트』에 나온 표현으로 지구가 아닌 다른 별에서 온 존재와의 첫 만남을 소재로 한 작품을 가리킨다. 지구인들이 우주로 가서 만나는 이야기도 있지만, 대개 외계인들이 지구를 찾아오는 내용이 많다.

서로 다른 세계에서 태어나고 자란 외계인들의 만남은 매번 강렬한 사건을 일으킨다. 영화 〈미지와의 조우〉나 〈E. T.〉처럼 우호적으로 진행되기도 하지만, 드라마 〈브이〉처럼 침략이 벌어지고 영화 〈인디펜던스 데이〉처럼 파멸 전쟁이 펼쳐지기도 한다. 『은하수를 여행하는 히치하이커를 위한 안내서』에선 초공간 우회도로를 만들겠다는 이유만으로 지구를 날려버리는 이야기가 전개된다.

퍼스트 콘택트의 양상은 다양하지만, 그 중엔 H. G. 웰스의 『우주전쟁』처럼 파괴적인 침략물이 상당수를 차지한다. 웰스가 영국의 제국주의를 풍자했듯이, 많은 작품이 지구에서 일어난 '문명의 충돌'을 모델로 했기 때문이다. 하지만 그렇지 않은 작품도 적지 않으며 침략물로만 한정해도 그 양상은 외계인의 숫자만큼 다양하다.

그림 6 영화 〈미지와의 조우〉는 퍼스트 콘택트에 대한 사람들의 생각을 잘 보여주었다.

별과 별 사이를 자유롭게 여행할 수 있는 기술을 가진 외계인이라고 해서 반드시 고결하고 이성적인 존재라곤 할 수 없다. 설사 문화적인 외계인이라서 지구인을 우호적으로 대한다고 해도 문제가 없는 것은 아니다. 원주민 사회에 기술이 도입되면서 그들의 전통문화가 파괴되었듯, 외계인의 발달한 기술과 문화는 아서 C. 클라크의 『유년기의 끝』에 등장한 오버마인드라는 초월적 존재처럼 오랜 기간 쌓은 지구의 문화를 깡그리 말살해버릴 수도 있다.

영화 〈은하수를 여행하는 히치하이커를 위한 안내서〉에서 주인공의 말이 외계인에게는 굉장한 모욕이라서 전쟁이 벌어질 뻔한 것처럼, 언어나 표현이 맞지 않아 문제가 생길 수도 있다. 〈스타트렉〉에 등장하는 외계인이 지구인과 닮

았다고 해서 그들의 사고방식이 우리와 같다는 보장은 없으며, 아라크니드(영화 〈스타십 트루퍼스〉)나 저그(게임 〈스타크래프트〉)처럼 사회체제가 근본적으로 달라서 교류가 불가능할 수도 있다.

퍼스트 콘택트는 인류 역사상 가장 큰 사건이 될 것이다. 비록 그 결과는 소소할지도 모르지만, 외모도 생각도 다른 존재와의 만남은 우리의 사고방식을 근본적으로 바꾸어놓을 것이기 때문이다. SF로서의 퍼스트 콘택트물은 바로 그 같은 인류의 변화 가능성을 보여주는 동시에 외계인을 통해 우리 자신을 바라보는 이야기이다.

시간 여행 SF

일찍이 찰스 디킨스는 소설 『크리스마스 캐럴』에서 주인공 스크루지가 자신의 과거, 현재, 미래를 여행하면서 변화하는 이야기를 그렸다. 이처럼 과거나 미래로의 시간 여행Time Travel은 한 사람의 운명뿐 아니라 세상의 운명을 바꾸어놓기에도 충분하다. 『아서 왕과 코네티컷 양키』에서 아서왕 시대에 도착한 미국인은 멀린을 대신하여 궁정 마법사로 활약하며 영국의 운명을 바꾸어놓았으며, 영화 〈백투더 퓨처〉에선 미래의 스포츠 연감 한 권으로 인해 한 도시의 운명이 180도 바뀌고 만다.

시간 여행 이야기는 『크리스마스 캐럴』이나 한국의 『구운몽』처럼 오랜 역사를 갖고 있지만, SF로서의 시간 여행은 H. G. 웰스의 『타임머신』을 시초로 본다. 웰스는 미래를 여행하는 장치를 이용한 시간 여행을 계급주의에 대한 풍자를 위해서만 사용하고 있지만, 그가 창조한 시간 여행 장치는 많은 작가에게 영감을 주어 다양한 시간 여행 SF물을 탄생시켰다.

시간 여행 SF는 과거나 미래로 여행하면서 역사를 바꿀 가능성에 대해 이야기한다. 후지코 F. 후지오의 〈도라에몽〉처럼 단순히 과거 세계를 여행하는 이야기로 그치기도 하지만, 영화 〈스타트렉 퍼스트 콘택트〉처럼 인류의 역사를 완전히 바꾸어버리고, 폴 앤더슨의 『타임 패트롤』처럼 역사를 멋대로 바꾸려는 악당에 맞서는 조직이 활약하기도 한다. 『타임 패트롤』에선 우리의 역사가 사실은 누군가에 의해 임의로 조작된 것일 수 있다는 가능성까지 제기하고 있다.

시간 여행이라는 것이 반드시 몸이 이동해야 하는 것은 아니다. 필립 K. 딕의 『페이첵』에서는 미래를 내다보는 장치가 등장하고, 영화 〈프리퀀시〉에선 과거의 아버지와 무전기로 연락을 하며 운명을 바꾸어나간다.

시간 여행의 가능성은 여기에서 그치지 않는다. 로버트 하인라인의 『올 유 좀비스』처럼 내가 나와 결혼해서 나를 낳고, 나를 죽이는 것도 가능하다. 〈엣지 오브 투모로우〉나

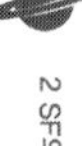

〈사랑의 블랙홀〉처럼 반복되는 시간 속에서는 게임을 세이브 로드하듯이 상황을 되풀이하면서 무적의 존재가 되기도 한다.

시간 여행 SF 속 주인공에게는 무궁한 기회와 가능성이 주어지는 것처럼 보일 수도 있다. 하지만 그런 모든 상황에도 불구하고 주인공에게 주어진 것은 결국 순간의 선택이라는 것을 보여준다. 시간 여행 SF는 〈백투더 퓨처〉처럼 삶을 좋게 만드는 꿈같은 이야기일 수도 있지만, 그보다는 우리가 살아가는 현재가 얼마나 소중한지를 보여주는 장르라 할 수 있다.

대체 역사

"역사에는 만약이라는 말이 없다"라고 하지만, 만일 역사가 지금과 다르게 흘러갔다면 어땠을까? 대체 역사Alternative History는 우리가 아는 역사에 '만약'이라는 가정을 넣어서 꾸며낸 이야기이다.

임진왜란을 거쳐 일본을 침공하는 내용을 다룬 조선 시대의 군담소설 『임진록』처럼 역사를 다르게 바꾸어 쓰는 작품은 일찍부터 존재했지만, SF로서의 대체 역사는 단순히 '이랬으면 좋겠다'라는 가정보다 그렇게 만들어진 세상에서 살아가는 사람들의 이야기를 다루는 것이 많다. 그래서

'고구려가 삼국을 통일해서 대한민국 만만세'[2]보다는 필립 K. 딕의 『높은 성 위의 사나이』처럼 '2차 세계대전에서 독일이 승리하여 나치가 지배하는 암울한 세상' 속 군상을 그리거나, 해리 터틀 도브의 『비잔티움의 첩자』처럼 모하메드가 그리스도교로 개종하여 비잔틴 제국이 존속하는 역사 실험을 다룬 내용이 눈에 띈다.

역사에는 수많은 분기점이 존재하는 만큼 대체 역사 이야기도 다양하다. 복거일의 『비명을 찾아서』에서는 이토 히로부미가 운 좋게 살아나서 조선이 아직도 일본의 식민지인 상황을 그려내고 있다. 해리 터틀도브의 『월드 워』나 애니메이션 〈건 퍼레이드 마치〉처럼 외계인이나 다른 차원의 괴물이 쳐들어와서 운명이 바뀌거나, 게임 〈커맨드 앤드 컨커 레드 얼럿〉처럼 아인슈타인이 타임머신을 만들어 히틀러를 다른 세상으로 날려버림으로써 운명을 바꾸는 상황도 가능하다.

한 가지 주의할 점은, 대체 역사는 '역사가 바뀌는 과정'[3]이 아니라, '바뀐 역사 속의 삶'을 보여준다는 점이다. 『삼국지』 같은 작품을 예로 들면, 유비의 촉나라가 승리하는 과정

2. 이러한 자위적인 작품은 한때 일본에서 유행한 가상전기에서 흔히 볼 수 있으며, 한국에서도 주로 대여점 취향의 판타지 소설에서 인기를 끌었다.

3. 역사가 바뀌는 과정을 그린 작품으로 일본에서 '가상전기'라는 이름으로 유행했던 작품들이 있다. 가령 '2차 세계대전에서 일본이 이기려면 어떻게 해야 하나?'와 같은 내용으로 『임진록』 역시 이러한 작품에 해당한다.

그림 7 〈크림슨 스카이즈〉는 공적들이 날뛰는 즐거움을 주기 위해서 창작되었다.

을 그리는 게 아니라, 유비의 촉나라가 승리하여 촉이 삼국을 통일한 세상에서 살아가는 사람들의 이야기를 그리는 것이 대체 역사이다.

대체 역사는 역사의 가능성을 실험하는 작품인 동시에 만들고 싶은 세계를 표현하는 수단이다. 미국이 연방 통치에 실패하여 수십 개의 나라로 갈라진 상황을 배경으로 하는 게임 〈크림슨 스카이즈〉는 역사 자체보다는 "16~17세기에 카리브해에서 해적들이 날뛰던 상황처럼 하늘의 해적(공적)들이 활약할 수 있는 정치 상황을 엮어내기 위해서"(개발자 조던 와이즈먼이) 만든 것이며, 나폴레옹 전쟁 시대에 용들이 활개 치는 나오미 노빅의 『테메레르』도 근대 사회를 무대로 용들이 활약하는 이야기를 위해서 탄생한 것이다.

'역사 속의 사건이 달라졌다면 어땠을까?'라는 가상의 세계를 다루는 대체 역사 이야기는 우리에게 역사의 가능성을 보여줌으로써 우리 삶을 다르게 보게 해주는 재미가 있다.

스팀 펑크와 디젤 펑크

대체 역사 중에는 기술 발전이나 새로운 개념에 따라 역사가 변하는 상황이 종종 등장한다. 스팀 펑크Steampunk는 대체 역사의 하위 장르 중 하나로, 내연기관과 전기 동력이 발달한 현대와 달리 증기기관이 극도로 발달한 사회를 소재로 한 작품을 가리킨다.

스팀 펑크 작품에서는 자동차나 비행기, 심지어 거대 로봇조차 강력한 증기기관으로 작동한다. 스팀 펑크의 기계는 거대한 굴뚝이 달린 둥글고 거친 외형을 가진 것이 특징이며, 때때로 엄청난 양의 증기를 뿜어내면서 박력을 더한다.

스팀 펑크에도 컴퓨터가 등장할 수 있지만, 현대식 디지털 방식보다는 아날로그의 향수를 느끼게 하며, 복장도 영국의 빅토리아 시대나 산업 혁명기의 고풍스럽고 장중한 분위기를 주는 것이 특징이다.[4] 스팀 펑크는 작품의 외형적인 스타일을 중시하는 만큼 대체 역사로만 한정되지 않는다. 필립 리브의 『견인 도시 연대기』처럼 미래의 이야기나, 아사미아 키아의 『쾌걸증기탐정단』처럼 또 다른 행성을 무대로 할 수도 있다. 증기를 이용한 동력의 일종인 원자력 엔진의 위용을 보여주는 애니메이션 〈자이언트 로보〉도 스팀 펑크로 볼 수 있다.

그림 8 〈셜록 홈즈〉 분위기에 증기기관을 뒤섞어 흥미롭게 엮어낸 〈쾌걸 증기 탐정단〉

스팀 펑크와 달리 디젤 기관이나 내연 기관이 극도로 발달한 세계를 무대로 한 작품을 디젤 펑크Diselpunk, 또는 가스 펑크라고 부른다. 석유로 움직이는 로봇이 등장하는 애니메이션 〈전투메카 자붕글〉이 대표적이며, 강력한 머슬카에 대한 동경을 충실하게 연출한 영화 〈매드맥스〉도 디젤 펑크나 가스 펑크로 볼 수 있다.

아포칼립스, 포스트 아포칼립스

'지구 종말 시계'라는 것이 있다. 핵병기를 개발한 아인슈타인을 비롯한 시카고대학 과학자들이 발행한 잡지 〈블레틴〉에서 소개한 이 시계는 핵전쟁으로 인류가 멸망할 때까지를 보여주는데 항상 몇 분 전을 가리키며 불안감을 더한다. 북유럽의 신화 속 '라그나로크'나 성경의 '아마겟돈'처럼 인류는 오래 전부터 세상의 종말을 두려워했지만, 지구 종말 시계는 바로 지금 이 순간이야말로 세상의 종말을 가장 가깝게 느끼는 순간임을 말한다.

아포칼립스(묵시록), 그리고 포스트 아포칼립스는 성경 속의 묵시록 같은 재앙을 소재로 한 작품이다. 아포칼립스가 재앙으로 멸망해가는 세상에서 인간들이 발버둥치는 이야기라면, 포스트 아포칼립스는 재앙 이후 변해버린 세상

4. 스팀 펑크 자체가 영국의 전성기였던 빅토리아 시대에 대한 동경에서 나왔다는 의견도 있다. 일본의 게임 〈사쿠라 대전〉이 일본의 제국시대인 다이쇼 시대를 무대로 한 것도 비슷한 맥락이다. 제국주의 시대가 존재하지 않았던 한국에서는 친숙하지 않은 장르라고도 볼 수 있다.

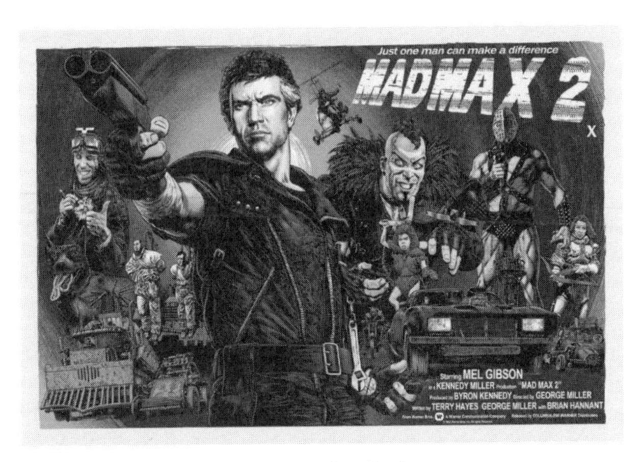

그림 9 거친 분위기의 묵시록적 세계관을 잘 그려낸 〈매드맥스 2〉

에서 살아가는 인간의 모습을 보여준다.

재앙을 소재로 한 이들 장르는 평화로운 삶을 살아가는 현대인은 쉽게 상상하기 어려운 끔찍한 상황을 통해 인간의 감추어진 내면을 드러낸다.

영화 〈투모로우〉처럼 빙하가 도시를 뒤덮고 사이토 다카오의 만화 『브레이크 다운』처럼 대규모 지진이 대지를 강타하며, J. G. 발라드의 소설 『크리스탈 월드』처럼 세상이 결정체로 변해가는 재난 상황은 지금의 행복이 얼마나 위태롭고 불안정한 것인지를 느끼게 하며, 생존의 위기에 직면한 인간들의 다양한 모습을 보여준다. 하지만 그 재앙에서도 인간이 살아남았다면 영화 〈매드맥스 2〉(1981)나 코맥 매카시의 소설 『더 로드』처럼 변해버린 세계를 무대로

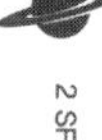

인간의 감추어진 내면을 그릴 수도 있다. 때로는 폭력이 세상을 지배하지만, 그 와중에도 인간으로 살아가기 위해 노력하는 많은 이가 있어 마음을 따뜻하게 해준다.

실제 역사를 기반으로 자신이 만들고 싶은 세계를 구성하는 대체 역사처럼, 포스트 아포칼립스는 현재의 인류 문명을 바탕으로 새로운 세계를 만들어내는 데 많이 사용된다. 〈매드맥스 2〉처럼 폭력과 야만이 판치는 세상을 보여주기도 하지만, 『북두의 권』[5]처럼 권법이 활약하는 이야기를 엮어낼 수도 있으며, 변해버린 세상에서의 생존극이나 엔도 히로키의 만화 『에덴』처럼 인류의 새로운 진화를 이끌어내는 작품이 되기도 한다.

아포칼립스와 포스트 아포칼립스물은 재앙에 맞서 이를 극복하고, 때로는 재앙 속에서 절망하고 좌절하며, 재앙을 넘어 새로운 삶을 꿈꾸는 이야기로서 많은 이들에게 사랑받고 있다.

---

5. 『북두의 권』은 〈매드맥스 2〉에서 영감을 얻은 작품인 만큼 배경의 느낌은 비슷해도 내용은 완전히 다르다. 〈매드맥스 2〉는 차량을 내세운 로드무비인 반면, 『북두의 권』은 무협물이기 때문이다. 권법을 앞세우는 『북두의 권』에서는 〈매드맥스 2〉에 비해 총기나 화약은 별로 등장하지 않는다.

거대 괴수와 메카, 재앙에 맞서는 인간들

과거에는 호랑이에 의한 습격을 '호환'이라 부르며 전염병이나 전쟁과 비슷한 재앙으로 여겼듯이, 맹수나 괴물의 습격은 단순한 습격이 아니었다. 페르세우스 신화에서 포세이돈의 명령으로 에티오피아를 공격한 바다의 괴수처럼, 괴수는 인간의 악업에 대한 '신의 재앙'을 상징하는 존재이자, 재난 그 자체로 그려진다. 이러한 경향은 SF에서도 비슷하게 나타나지만, SF는 신화나 판타지와 달리 더욱 직접적으로 '인간에 의한 재앙'을 표현한다.

1954년에 제작된 영화 〈고지라〉는 인간에 의해 만들어진 재앙의 대표적인 사례이다. 고지라는 심해에 살다가 반복된 수폭 실험으로 살던 곳을 잃고 인간 세상으로 온 괴수다. 아무런 이유 없이 바다에 나타나서 세상을 휩쓸고 사라져버리는 고지라의 모습은 해일(쓰나미)이나 태풍 같은 자연재해와도 같은데, 바로 그 자연재해가 '인간에 의해 일어났다'라는 점이 특징이다. 더욱이 군대의 힘으로도 어쩔 수 없었던 고지라가 한 박사가 만든 신물질에 의해 소멸하는 결말은 과학이라는 것이 악용되면 고지라 같은 재앙을 가져올 만큼 끔찍하지만, 그 재앙을 해결할 수 있는 수단이 될 수도 있음을 잘 보여준다.

하지만 자연재해는 우주 괴수 킹기도라나 가이강처럼 우연히 외계인의 침략으로 찾아오기도 한다. 이러한 재해에 대해 인류는 지구방위군 같은 과학병기를 동원하는 한편, 울트라맨 같은 초인의 도움을 받기도 한다. 울트라맨은 '강화복'이나 '슈퍼히어로'처럼 힘을 얻은 인간의 모습을 상징한다. 울트라맨은 이후 〈에반게리온〉 같은 작품에 영감을 주는데, 〈마징가 Z〉에서 가부토 주조 박사가 손자인 가부토 고우지(쇠돌이)에게 "마징가가 있으면, 너는 신도 될 수 있고 악마도 될 수 있다"라고 말했듯, 거대 로봇은 조종사의 분신이자 조종사를 초인으로 만들어주는 도구로서, 인간의 지혜가 자연에 맞설 수 있는 힘을 부여함을 보여준다.

사회파 SF

사회파Social SF물은 소프트 SF의 대표 장르로 과학기술이나 모험 활극이 아니라 인류 사회의 사회학적인 고찰을 한 작품을 가리킨다. 가상 사회를 만들어낸 레이 브래드버리의 『화씨 451도』처럼 부정적인 모습으로 사회체제에 대한 경각심을 불어넣거나, 미국 과두정치의 횡포를 보여준 잭 런던의 『강철군화』처럼 현대사회를 비판하고 사회적인 문제에 대한 해결책을 제시하는 등 사회적인 계몽을 목적으로 한 작품들이 많다. 쥘 베른의 『인도 여왕의 유산』처럼 서로 다른 체제를 가진 두 사회를 비교하는 작품도 있다.

H. G. 웰스의 『타임머신』은 흔히 시간 여행물로 여기기 쉽지만, 계급 차별이 심해진 결과, 인류가 아예 두 개의 종으로 분화되어버린 미래를 그림으로써 당시 자본계급주의 사회의 문제를 비판한 사회파 SF의 한 사례라 할 수 있다. 사회주의자였던 웰스는 『타임머신』 외에도 여러 작품에서 SF적인 장치를 이용하여 사회를 비판하고 풍자함으로써 사회파 SF의 발전에 큰 영향을 주었다.

사회파 SF는 현재의 사회문제를 조명하는 만큼 사회적 문제가 많은 나라에서 발전하는 경향이 있다. 구소련처럼 체제를 따르지 않으면 박해를 하는 나라에서는 당대의 사회체제를 선전하고 옹호하는 SF 작품도 적지 않았지만, 사회를 풍자하며 작가의 견해를 굽히지 않고 제시하는 작품도 많이 등장했다.

사회파 SF는 정치학, 사회학, 역사학 등 사회과학적 연구를 통해 우리 사회의 현실을 돌아보고 앞으로 변화할 사회에 대해 고민하는 작품이라고 할 수 있다.

디스토피아와 유토피아

사회파 SF는 현대 사회를 배경으로 한 작품도 있지만, 기술적으로 진보한 미래를 배경으로 한 작품이 더 많다. 조지 오웰이 1948년에 만든 작품에 『1984』라는 제목을 붙여서 가까운 미래의 모습을 연출한 것이 대표적인 사례다.

사회파 SF에서 그려지는 사회 모습은 크게 부정적인 사회와 긍정적인 사회로 구분하는데 이를 각각 디스토피아dystopia와 유토피아utopia라고 부른다. 디스토피아와 유토피아는 각각 지옥과 천국으로 분류할 수 있는데, 유토피아보다는 디스토피아 사회를 다룬 작품이 더 많고 인기도 높다. 디스토피아 작품이 끔찍한 세계에 맞서는 개인의 모습을 보여줌으로써 더욱 재미를 주기 때문이다.

테러를 이유로 주인공의 자유를 박탈하고 사회를 억압하는 디스토피아 사회를 그림으로써 애국법 이후의 미국 사회를 비판한 코리 닥터로우의 『리틀 브라더』에서 주인공이 해킹 기술을 이용하여 이에 맞서고, 영화 〈이퀼리브리엄〉처럼 감정을 제거하는 통제 사회에 맞서 싸우는 장면은 무척 흥미롭다.

'모든 게 이루어지는 천국은 지루할 것'이라는 말이 있듯이, 지옥만 계속되거나 천국만 계속되는 상황보다는 지옥 속에서 이를 극복하려는 사람이 등장하고, 천국 속에 부조리를 등장시켜 흥미를 끌어내는 것이 진정으로 재미있고 유익한 작품이다.

로봇과 인공지능

로봇이나 인공지능을 그려낸 로봇 SF는 SF 중에서도 인기 있는 내용으로 사랑받았다. '로봇'은 1921년 카렐 차페크가 소설 『R. U. R』에서 처음 선보인 용어로서 체코어로 '일하다'라는 뜻이다.[6] 로봇이라는 말 자체는 오래되지 않았지만, 만들어진 일꾼이라는 개념은 그리스 신화에 나오는 헤파이스토스의 자동 장치나, 유대 신화의 '고렘'처럼 오랜 역사를 갖고 있다. 중세 연금술 서적에선 '호문클루스'라고 하여 인조인간을 만드는 방법이 전해지기도 한다.

SF에 등장하는 '인간이 만든 인공 존재'는 부정적인 내용으로 그려지는 사례가 많다. 『R. U. R』에서도 로봇은 인간을 멸망시키는 존재로 그려지는데, 이는 로봇을 통해 인간 사회의 노예주의를 풍자하고 있기 때문이다. 하지만, 로봇과 인공지능 이야기가 반드시 인간과의 대립으로만 그려지는 것은 아니다.

이언도 바인더는 단편 「아이, 로봇」(1939)에서 인간을 위해 봉사하는 아담 링크라는 로봇 이야기를 썼다. 이에 영감을 받은 아이작 아시모프는 동명의 단편집을 발표하는 한편, 로봇의 안전을 보장하는 시스템인 로봇 공학 3원칙 개념을

6. 『R. U. R』에서의 로봇은 기계 장치가 아닌 인조인간에 가까운 개념이다. 로봇과 혼용되는 '안드로이드Android'라는 말은 오귀스트 빌리에 드 릴아당의 『미래의 이브』에서 나온 것으로 로봇 중에서도 인간에 가깝게 생긴 것을 부를 때 사용된다. 기계건 인조인간이건 관계없이 인간형 존재는 '휴머노이드Humanoid'라고 부른다.

정립하여 로봇 SF의 발전을 이끌었다. 일본에서는 데즈카 오사무가 『철완 아톰』에서 마음을 가진 소년 로봇 아톰을 만들었다. 아톰은 인간과 로봇의 가교 역할을 함으로써 친근함을 주었고, 일본 SF 로봇 문화를 정착시키는 데 공헌했다.

로봇 SF는 본래 인간을 닮은 '만들어진 노예'로 시작되었지만, 이제는 사회의 일부가 된 로봇 이야기로서 다양한 재미를 준다. SF에서 로봇은 인간과 대립하거나 공존하는 존재로 그려지는 한편, 때로는 인간보다 더 인간적인 매력을 보여준다.

아시모프의 로봇 공학 3원칙

아시모프는 이언도 바인더의 영향을 받아 스스로를 통제하는 로봇 이야기를 집필했지만, 아담 링크나 아톰처럼 '자아'를 통해 통제하는 것이 아니라, 시스템을 통해 통제하고자 다음과 같은 로봇 공학 3원칙 개념을 도입했다.

1. 로봇은 인간에게 해를 가하거나, 혹은 행동을 하지 않음으로써 인간에게 해를 가해서는 안 된다.

2. 로봇은 인간이 내리는 명령에 복종해야만 한다. 단 이러한 명령들이 첫 번째 법칙에 위배될 때에는 예외로 한다.

3. 로봇은 자신의 존재를 보호해야만 한다. 단 그러한 보호가 첫 번째와 두 번째 법칙에 위배될 때에는 예외로 한다.

이 원칙은 아시모프 작품에 등장하는 안전한 로봇 사회를 만드는 근간이 되었고 많은 작품에 영향을 주었지만, 아시모프 자신은 작품 속에서 로봇 공학 원칙이 깨지는 상황을 종종 그려냈다. 이를테면 '인간'을 '흑인'으로 한정하거나 인간이 있다는 것을 모르고 살인을 저지르게 하는 것. 또는 로봇 공학 원칙을 잘 지켰는데도 범

인 스스로 함정에 빠지는 등의 흥미로운 상황으로 재미를 주었다.

훗날 아시모프는 '로봇은 인류에게 해를 가하거나, 행동을 하지 않음으로써 인류에게 해가 가도록 해서는 안 된다'라는 0원칙을 추가하여 로봇이 한 사람의 도우미를 벗어나 인류 역사를 인도하는 선구적인 존재로 거듭나게 했다.

초능력과 초인

초능력물, 또는 초인물은 보통 인간과는 다른 뛰어난 능력을 가진 사람이 그 초능력을 사용하거나, 초능력과 관련한 사건을 다룬 작품을 말한다. 일반적으로 초인물이라면 〈슈퍼맨〉 같은 슈퍼 히어로물을 떠올리기 쉽지만, SF에서 초능력물은 단순히 능력을 사용해서 큰일을 하는 것뿐 아니라 그 능력으로 인한 문제나 고뇌를 다루는 사례가 많다.

H. G. 웰스의 『투명인간』은 투명해지는 능력을 가진 인간의 이야기로 초인물 중 하나이다. 추한 외모로 평생 따돌림을 받다가 투명인간이 되었지만 결국 불행한 최후를 맞는다는 이 작품은, 초인이 가질 수 있는 '남들과 다른 존재'로서의 고뇌를 잘 보여준다.

초인물의 시초라고 알려진 올라프 스태플든의 『이상한 존』은 초인을 넘어 새로운 인류의 가능성을 보여준 작품이다. 인류의 능력을 넘어선 천재 존은 인간들은 결코 이해할 수 없는 존재이며, 반대로 존 역시 인류를 이해하지 못한다는 내용이 매우 흥미롭다. 초능력을 가진 시점에서 이미 인류와 차별된 종이나 다를 바 없다는 이 설정은 아서 클라크의 『유년기의 끝』이나 『엑스맨』 같은 슈퍼 히어로물에도 영감을 주었다.

초인물 중에는 인간과 동물을 융합하는 내용을 다룬 H. G. 웰스의 『닥터 모로의 섬』처럼 유전공학이나 개조 수술로 인공적인 초인을 만들어내는 이야기도 있다. 이 같은 이야기에서는 『쥬라기 공원』이나 『프랑켄슈타인』처럼 실험의 실패가 종종 소재가 되는데, 그중에는 『사이보그 009』처럼 병기 상인에 의해 무기로 개발되었음에 창조주의 뜻을 거부하고, 그에 맞서는 이야기도 있다.

초인물은 인간을 넘어선 능력을 가지고 있거나, 새롭게 갖게 된 존재를 통해 펼쳐내는 이야기다. 때로는 마초적인 캐릭터를 통해 대리만족의 재미를 주기도 하지만, 그 내면에서 벌어지는 인간적인 고뇌와 갈등은 우리 자신을 돌아보게 만드는 힘이 있다.

사이버펑크와 가상현실

사이버펑크는 과학기술이 대중화된 20세기 후반에 탄생한 장르로서 과학기술 자체보다는 과학기술로 인해 사회나 문화, 가치관이 변화될 수 있음을 보여주는 작품이다. 일반적으로 사이버펑크는 컴퓨터와 네트워크 기술이 발달하여, 인체나 의식이 기계나 생체로 확장되고 개인이나 집단이

그림 10 아이들의 눈에서 증강현실을 바라본 〈전뇌코일〉

대규모로 연결되는 상황을 그리고 있다.

"네트워크에 의해서 연결되지만 국가의 개념은 아직 사라지지 않은 미래"라는 〈공각기동대〉의 설명은 이 같은 사이버펑크의 모습을 잘 보여주는데, '인간'이라는 개체나 사회는 존재하지만, 네트워크와 컴퓨터 기술의 발달로 인간의 개념이나 존재가 모호해지고 인간과 다른 존재가 연결되면서 복잡해진 사회를 소재로 한다.

사이버펑크는 필립 K. 딕이나 제임스 팁트리 주니어를 시작으로 〈블레이드 러너〉 같은 영화를 거쳐 발전하였으며, 윌리엄 깁슨의 소설 『뉴로맨서』에서 본격적으로 시작되었다.

한국에서는 〈매트릭스〉나 〈공각기동대〉 같은 가상현실 작품으로 친숙한데, 애니메이션 〈전뇌코일〉(증강현실), 〈사이코패스〉(범죄 인자 측정)처럼 가상현실 이외의 다른 기술로 사회구조와 가치관을 완전히 바꾸는 이야기도 적지 않다.

사이버펑크는 컴퓨터 기술 발달이 가져오는 사회와 가치관의 변화를 독특한 영상과 설정으로 보여주는 작품이다. 기계와 인간, 가상과 현실이 뒤섞인 세계를 통해 우리의 현재와 미래를 돌아보게 함으로써 인기를 끌고 있다.

3

SF의 역사

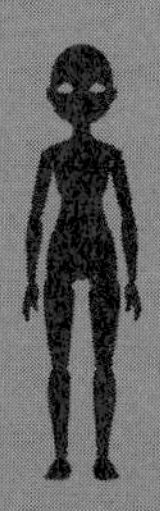

SF 탄생 이전

많은 장르 작품이 그렇듯, SF의 상상력은 신화에서 시작되었다. 신이 내린 혈액으로 움직이는 거대한 금속 거인 탈로스나 인도 신화 속 신들의 전쟁에 등장하는 기상천외한 무기, 천공을 질주하는 신의 전차 같은 상상의 산물은 당대 사람들에게 경이로운 즐거움을 주었고, 근현대 SF 작품에도 많은 영감을 주었다.[1]

신화가 만들어질 당시의 과학기술은 지금과 비교할 수 없을 정도로 일천했지만, 당시 사람들의 바람이나 상식을 바탕으로 만들어진 신화 중엔 '이카루스 신화'처럼 과학적

1. 인도 고대 서사시에는 원자폭탄을 연상케 하는 무기가 등장하고, 우주 밖을 날아다니는 탈것이 등장하는데, 에리히 폰 다니켄 같은 작가는 이것이 고대에 외계인이 지구를 방문했다는 증거라며 '고대의 외계인 문명설'을 주장한다. 이 같은 주장은 영화 〈스타게이트〉, 만화 『스프리건』 같은 작품에 영감을 주었으며, 지금도 많은 SF, 판타지 작품에 영향을 주고 있다.

인 상상력을 충실하게 엮어낸 이야기도 적지 않았다.

이카루스 신화는 그리스의 발명가 다이달로스가 아들 이카루스와 함께 하늘을 날아서 탈출하는 이야기이다. 그는 하늘을 날아서 탈출하려 하지만, 그 방법은 마법이나 신의 기적이 아닌 새처럼 날개를 만드는 것이었다. 그리고 이 '상상'을 실현하는 방법으로 '밀납'이라는 당대의 과학기술(접착제)을 사용한다. 주어진 문제를 마법이나 속임수가 아닌 과학기술로 해결한다는 발상, 즉 과학적 상상력이 적용된 것이다. 더욱이 탈출 방법으로 사용된 밀납이 열에 녹는 '과학적 성질'을 이용하여 태양에 다가간 이카루스가 떨어지는 장면은 과학기술로 문제를 해결하는 한편, 그 기술이 문제를 낳는 SF의 상상력을 잘 보여준다.

그림 11 신화나 종교에 과학적인 상상력을 결합하여 만든 〈스프리건〉

이처럼 세계 각지의 신화나 전설에서 선보인 과학적 상상력은 동시대 작가들에게 영감을 주어 『이카로메니푸스』[2]나 『다케모노가타리』 같은 작품에 영감을 주었다.

---

2. 고대 그리스의 작가 루키아노스의 저작. 주인공 메니파스가 이카루스처럼 양팔에 날개를 달고 하늘로 날아올라 달로 향하는 이야기로 달에 도착하여 지상을 내려다보면서 세상이 좁다는 것을 깨닫는 내용을 담고 있다.

과학기술이 발전하면서 14세기 단테의 『신곡』과 같은 작품에 당시의 과학 지식을 도입하여 우주를 여행하는 이야기가 등장하고, 칼 세이건이 '최초의 SF 소설'이라고 평가한 요하네스 케플러의 『솜니움』 같은 작품이 17세기에 나오기도 했다. 이후 메리 셸리의 『프랑켄슈타인』이나 에드거 앨런 포를 거쳐 근대 SF가 탄생하게 된다.

프랑켄슈타인과 과학적 상상력

메리 셸리의 『프랑켄슈타인』(1816)은 공포소설이었지만, 후세의 많은 평론가에 의해 선구적인 SF로 평가받는 작품이다. 남편인 퍼시 셸리와 함께 시인 바이런의 별장에서 쓰기 시작한 이 소설은, 빅터 프랑켄슈타인이라는 박사가 시체를 모아서 인조인간을 만드는 이야기이다(프랑켄슈타인을 괴물 이름으로 아는 사람도 있지만, 작품 속 괴물에게는 따로 이름이 없다).

본래 이런 괴기물은 마법적인 기술에 의해서 괴물이 탄생하지만, 메리 셸리는 당시 유행하던 '생체 전기 가설'(생명의 근원은 전기라는 가설)을 받아들여 시체에 강력한 전기를 흘리는 내용을 설정하게 된다.

『프랑켄슈타인』은 판타지 작품에 흔히 나오는 '프랑켄슈타인'이라는 괴물의 설정을 낳았으며, 인간이 만들어낸 존재가 인간을 위협한다는 '프랑켄슈타인 증후군'이라는 말과 함께 〈터미네이터〉 같은 여러 SF 작품에 영감을 주었다. 더욱이 이 작품 속 괴물은 단순히 사람을 해치는 존재가 아니라, 창조주인 프랑켄슈타인 박사보다도 더 인간적이며 고뇌하는 존재로 설정되었다는 점에서도 기억할 만하다.

SF의 탄생

신화나 전설에서 시작되어 다양하게 발전한 SF 작품은 19세기에 이르러 대중에게 과학이 전해지면서 급격하게 발전하였다.

19세기에서 20세기 초에 이르는 SF의 여명기에서 가장 먼저 주목할 작가는 에드거 앨런 포이다. 탐정 캐릭터의 시초격인 뒤팽을 주인공으로 한 추리소설, 공포소설, 괴기물을 집필한 것으로 유명한 그는 대중을 상대로 한 과학 저술이나 강연을 했는데, 이 같은 지식을 바탕으로 『아서 고든 핌의 모험』, 『마엘스트롬 속으로의 하강』 등의 작품을 집필했다. 그중엔 『한스 팔의 환상 모험』처럼 특수 기구로 우주여행을 하는 이야기나 『에이로스와 차르미온의 대화』처럼 혜성이 지구의 질소를 앗아가는 재앙물도 있어서 그의 다채로운 상상력을 느낄 수 있다.

과학적 상상력이 담긴 에드거 앨런 포의 모험소설은 많은 작가에게 영감을 주었다. 그들 중 한 명인 쥘 베른은 과학기술을 통해 현실성을 높인다는 수법에 주목하여 1863년 『기구를 타고 5주간』이라는 작품을 출간했다. 기구를 타고 아프리카 상공을 탐험한다는 이 작품은 비록 SF는 아니지만, 쥘 베른을 알리는 계기가 됐을 뿐만 아니라, 그의 작풍에도 큰 영향을 미쳤다.

이후 쥘 베른은 『지구에서 달까지』, 『해저 2만리』, 『지구

속 여행』, 『인도 여왕의 유산』 같은 다양한 SF 소설로 사람들을 감동시켰다. 비록 그는 고향인 낭트 항과 파리 외에는 여행을 해본 적이 없지만, 해저, 땅속, 달나라, 혜성 등 다양한 무대에서 당대 과학기술을 총망라하며 펼치는 모험담은 독자들에게 과학의 가능성을 (그리고 때로는 과학 지배에 대한 위기감을) 전하며 즐거움을 주었다.

쥘 베른이 '당대 과학기술을 바탕으로 과학의 가능성'을 보여주었다면, 영국의 H. G. 웰스는 『타임머신』, 『우주전쟁』, 『투명인간』 같은 작품을 통해 미래 세계에 대한 상상을 실현한 작가다. 그는 '현실을 바탕으로 한 세계를 그리면서도 현실이라는 속박에서 벗어난 과학적 상상력'을 그려냈다.

이제껏 마법의 영역이었던 시간 여행에 '타임머신'이라는 SF적인 장치(가젯)를 도입하는 등 다채로운 상상력을 발휘한 그의 작품은 현실의 과학으로 제한되었던 SF의 가능성을 크게 넓혀주었다. 또한 자본주의 사회의 잘못된 미래상을 보여주고, 제국주의를 풍자하거나. 과학기술의 오용으로 인류가 종말하는 등 비판적인 내용을 담아 현대 SF의 주제 의식을 높이는 데 기여했다.

웰스가 작품에서 사용한 타임머신, 문어형 외계인, 투명인간, 냉동 동면 장치 같은 SF적인 장치는 이후 많은 작품에 영감을 주었다. 「자유로워진 세계」에서는 진보된 사회의 동력원으로서 핵에너지를 제시하였는데, 훗날 과학자 실라르드 레오는 이 작품에서 영감을 얻어 원자력 발전을 실현하였을 뿐만 아니라, 핵병기 개발에도 영향을 미쳤다.

쥘 베른과 H. G. 웰스와 함께 SF의 선구자로 코난 도일을 빼놓을 수 없다. '셜록 홈즈' 시리즈로 명성을 떨친 그는 과학 저술 활동도 함께 진행하면서 『잃어버린 세계』, 『독가스대』, 『마라코트 심해』와 같은 SF 작품을 집필했다. 베른이 당대의 과학기술을 통해 현실의 가능성을 보여주고, 웰스가 미래의 SF 장치로 사회 비판을 보여주었다면, 코난 도일은 아마존에서 공룡이 사는 세계를 발견하거나, 해저에서 아틀란티스의 후예들을 만나는 등, '과학기술의 발전으로 미지의 세계를 방문하고 발견하는 이야기'로 대중의 관심을 끌었다.

다양한 모습으로 SF의 폭을 넓혀준 이들 선지자들을 시작으로, 미래 전쟁으로 화제를 모은 조지 그리피스[3]나 우주를 무대로 아름다운 공주를 구하고자 외계인과 싸우는 행성 모험물을 그려낸 에드거 라이스 버로스[4]를 통해 발전한 SF 작품은 대중에게 새롭고도 독특한 즐거움을 선사하였다.

---

3. 영국의 SF 작가이자 탐험가. 쥘 베른이 제시한 비행기계나 압축공기포를 사용한 극적인 공중전과 미래 전쟁, 유토피아 설정 등을 결합하여 만든 『혁명의 천사』는 이후 스팀펑크 장르에도 큰 영향을 주었다.

4. 정글 모험소설 『타잔』(1914)과 신화적인 영웅담을 화성이나 금성 같은 외계 행성을 무대로 엮어낸 『존 카터』 시리즈 등을 집필한 미국의 작가. 『존 카터』 시리즈는 행성 모험물의 효시로서 스페이스 오페라물의 전형을 확립하고 많은 SF 활극에 영감을 주었다.

SF의 여명기

20세기 초에는 휴고 건즈백에 의해 새로운 SF 문화가 시작되었다. 유럽에서 태어나 미국으로 이주한 건즈백은 무전기 판매 사업을 했는데, 이 과정에서 미국 대중이 과학기술에 무지하다는 것을 알고 이를 계몽하고자 세계 최초의 무선 기술 잡지인 〈모던 일렉트로닉스〉를 창간했다. 일찍이 유럽에서 여러 SF 작품을 보고 자란 건즈백은 이 잡지에 자신의 소설 『랄프 124C 41+』를 실었다. 이야기도 평이하고 그다지 재미있는 작품은 아니었지만, 근미래 생활상을 보여준 이 작품에서 건즈백은 텔레비전이나 3D 영사기, 비행기를 이용한 문자 광고, 전파를 이용한 전력 송신 등 당시에는 존재하지 않았던 수백 가지 미래 기술을 소개하면서 SF의 가능성을 보여주었다.

건즈백은 세계 최초의 SF 잡지 〈어메이징 스토리즈〉(1926)를 비롯한 여러 SF, 과학기술 잡지를 창간하여 '미국 SF의 아버지', '현대 SF의 아버지'라고 불리는 업적을 남겼다. 그가 만든 여러 잡지는 주로 과거의 명작으로 사람의 눈길을 끄는 한편, 독자 콘테스트로 새로운 작품을 발굴했고 이들 잡지를 통해 새로운 SF 작가들이 탄생했다. 또한 휴고 건즈백은 이들 작품을 '사이언티픽션Scientifiction'이라 부르면서 SF라는 장르명을 만들어냈는데, 이는 훗날 '사이언스 픽션'으로 바뀌어 정착되었다.

미국에서 휴고 건즈백을 중심으로 과학에 대한 동경을 담은 SF가 정착되고 히로익 판타지Heroic Fantasy나 스페이스 오페라 같은 활극이 유행하던 20세 초, 유럽에서는 로봇의 반란을 그려낸 카렐 차페크의 『R. U. R』처럼 과학기술의 발전이나 보급에 대한 경고를 담은 작품이 많이 등장하였다. 이는 잠수함이나 탱크, 독가스, 비행기 같은 현대 병기들을 대량으로 탄생시킨 1차 세계대전에 영향을 받은 것으로 볼 수 있다. 불과 며칠 사이에 수십 만 명이 희생되기도 했던 이 전쟁은 과학 문명의 발달이 가져올 수 있는 끔찍한 모습을 사람들에게 각인시켰다. 이 같은 경향은 2차 세계대전 이후 더욱 강조되어 과학기술에 의한 전체사회를 그린 조지 오웰의 『1984』 같은 디스토피아 작품도 많이 등장했다.

그림 12 〈어메이징 스토리즈〉의 창간호

황금시대의 도래

2차 세계대전을 전후로 한 1940년대와 1950년대 SF 작품에 일대 혁명이 일어나게 된다. SF 잡시 〈어스타운딩〉(훗날의 〈아날로그〉)의 3대 편집자인 존 W. 캠벨은 과학적인 근거나 가능성을 배제한 황당무계한 SF 작품을 철저하게 비판하며 거부했는데, 이러한 비판을 통해 작가들이 과학적 상상력에 대해 다시 생각하게 되었고, 좀 더 사실적이고 그럴듯한 작품이 늘어나기 시작했다. 존 캠벨을 중심으로 시작된 이러한 변화는 작가뿐 아니라 독자들의 변화도 이끌어내면서 좀 더 깊이 있고 폭 넓은 과학적 상상력을 도입한 작가들이 인기를 끌게 되었다. 그 결과 최신 과학기술을 기반으로 한 하드 SF라는 장르가 성립되고 아서 C. 클라크, 아이작 아시모프, 로버트 하인라인 같은 작가들이 활약하게 되었다.

이들 작가들의 활동으로 SF 시장이 확장되면서 〈갤럭시〉, 〈F&SF〉 같은 잡지들이 등장할 수 있었고, 잡지를 통해 새로운 작가들이 활약하면서 1950년대에 '진정한 의미에서의 황금기'를 낳았다. 네빌 슈트의 『해변에서』 같은 종말론 작품도 유행했지만, 강화복을 처음 등장시키면서 SF 밀리터리물에 큰 영향을 준 로버트 하인라인의 『스타십 트루퍼스』, 우주국가 성립과 사회학 실험을 그린 아이작 아시모프의 『파운데이션』, 압도적인 기술력을 가진 외계인에 의해 인류라는 종이 새로운 진화를 맞이하는 아서 C. 클라크의 『유년기의 끝』처럼 광대한 무대를 배경으로 한 장편 작품이 수없이 탄생하고, 심지어 베스트셀러가 되면서 SF는 대중적인 장르로 정착되었다.

SF의 황금기와 편집자, 휴고 건즈백과 존 W. 캠벨

1940~50년대의 SF 황금기는 과학기술과 대중문화의 발전이 계기였지만, 한편으로는 당대 수많은 신인 작가를 발굴하고 육성한 편집자들의 영향이 적지 않았다.

휴고 건즈백은 비록 작가로서의 역량은 대단치 않았지만, 사업으로 얻은 수익으로 여러 차례 SF 잡지를 창간하여 SF의 재미를 알리고, 신인이 활동할 수 있는 공간을 제공하여 SF 팬과 작가가 탄생하는 계기를 마련해주었다. 존 W. 캠벨은 18세에 SF를 집필하여 작가로서도 호평받았지만(그의 작품 중 일부는 여러 차례 영화화되었다), 1937년부터 사망할 때까지 〈어드타운딩〉 지의 편집자를 맡아 레스터 델 리를 시작으로 무수한 신인 작가를 발굴하고, 그들의 창작 활동을 지원하며 육성했다.

미국의 SF를 대표하는 두 상인 휴고상과 캠벨상이 이들의 이름을 따서 만들어진 것은 작가뿐 아니라 이들을 찾아내고 발전을 도와준 편집자의 소중함을 깨닫게 한다.

일본에서도 작가였던 오이카와 슌로가 〈모험세계〉 같은 잡지에서 편집자로 활동하며 많은 작가를 양성하며 일본 SF가 시작되었다. 또한 〈우주진〉이라는 동인지를 통해 많은 작가를 발굴한(일본 SF 팬덤의 아버지라고 불리는) 시바노 타쿠미, 일본 최초의 SF 매거진의 편집자로서 고마츠 사쿄 같은 작가를 발굴한 후쿠시마 마사미 같은 편집자의 역할이 적지 않았다.

뉴에이지의 도래와 사이버펑크

SF가 붐을 일으키면서 황금기라고 불린 1950년대에 비해 백은기(실버에이지)라고 불리는 1960~70년대는 SF의 인기가 다소 시들해지긴 했지만, 과학적 상상뿐 아니라 문학적인 면에 초점을 맞춘 작품이 등장했다. 대우주가 아닌 지구

근방의 내우주를 중심으로, 외계인보다는 인간의 내면에 초점을 맞춘 뉴에이지 작품이 등장하는 등 다양한 SF가 탄생한 시기였다.

영화 〈블레이드 러너〉의 원작인 『안드로이드는 전기양의 꿈을 꾸는가』를 쓴 필립 K. 딕이나 할란 앨리슨, 로버트 실버버그 같은 작가들은 단순히 과학기술에 대한 비판이나 예찬을 넘어서, 기술이 인류 사회에 미치는 영향을 생각하고 거시적인 관점에서 미래의 가능성을 내다봄으로써 SF의 폭과 깊이를 더해주었다.

이는 컴퓨터와 로봇 같은 과학기술이 흥미로운 장난감이 아니라 사회의 근간을 이루게 된 상황과 관련이 있다. 사람들은 텔레비전을 통해 달 착륙을 목격하는 것을 당연하게 받아들였고, 일상적으로 자동차를 몰고, 로봇과 함께 일을 했다. 1980년대에 이르면 컴퓨터조차 새롭지 못했다. 기술이 일상이 된 상황에서 기술에 대한 흥미는 줄었지만, 기술이 사회에 미치는 영향은 점차 커져갔다. 컴퓨터 기술은 통신과 연결되어 사회가 돌아가는 기반이 되었고, 컴퓨터 없이는 살 수 없는 시대가 되었다.

윌리엄 깁슨의 『뉴로맨서』는 이 같은 컴퓨터 기술이 사회에 침투한 미래의 모습을 그려낸 작품이다. 그가 만든 사이버 스페이스라는 용어는 컴퓨터 통신에 이어 인터넷 사회가 도래하면서 더욱 주목받았으며, 매트릭스라고 불리는 가상현실 세계는 20세기 후반부터 현재에 이르기까지 여러 SF 작품의 큰 흐름 중 하나로 정착되었다. 이처럼 『뉴로맨서』의 상상력은 〈공각기동대〉와 〈매트릭스〉를 거쳐, 애니메이션 〈썸머워즈〉처럼 대중이 쉽게 이해할 수 있는 소재가 되었다.

SF 시장의 변화

『쥬라기 공원』의 마이클 크라이튼이나 톰 클랜시, 스티븐 킹 같은 작가의 성공은 SF 장르가 대중화되는 계기가 되었으며, 청소년을 대상으로 하는 『헝거게임』, 『메이즈 러너』 같은 영어덜트의 성공으로 이어졌다. 이들 작품은 영화나 게임, 애니메이션 산업으로 이어져 원소스 멀티유즈로 화제를 모으고 있으며, 할리우드 영화나 일본 애니메이션 중 상당수가 SF 장르로 인기를 끌고 있다.

PC 통신에 이은 인터넷의 보급은 SF 장르 시장에 큰 변화를 가져왔다. 프로와 아마추어를 가리지 않고 웹과 모바일을 통해 자신의 작품을 소개할 수 있는, 모두가 작가가 되는 시대가 되었다.

『리틀 브라더』의 코리 닥터로우나 『울』의 휴고 하위, 『마션』의 앤디 위어처럼 블로그에 작품을 연재하거나 자가 출판으로 책을 내는 사례가 늘어나면서 휴고상에 팟캐스트podcast를 이용한 팬fancast캐스트가 새로운 부문으로 추가

되는 변화도 주목할 만하다.

영화, 게임 같은 미디어의 발달은 SF의 상상력을 드높여 주었고, 인터넷의 발달은 창작과 유통을 더욱 쉽게 만들며 누구나 창작자가 되는 시대가 펼쳐지고 있다.

동양의 SF 문학

과학적 상상력을 기반으로 한 SF 소설은 르네상스와 산업혁명을 거치며 과학기술이 급격하게 발달한 서양을 중심으로 성장했다. 특히 과학 문명을 주도한 미국에서 발달했지만, 문화개방이 시작된 20세기 초를 전후하여 동양에서도 일본을 시작으로 SF 창작이 시작되어 발전했다.

일본의 SF는 『해저모험기담 해저군함』 같은 과학 모험소설과 전쟁소설로 SF 장르를 시작한 오이카와 슌로를 시작으로, 달을 넘어 화성까지 상상력을 펼쳐낸 『화성병단』의 운노 쥬자로 이어졌다. 하지만 2차 세계대전 후에는 미군기지에서 흘러나온 SF 소설을 접하며 성장한 새로운 팬들의 자발적인 노력을 통해 성장했다.

1957년 SF 작가이자 번역가인 시바노 타쿠미를 중심으로 호시노 신이치, 야노 테츠 같은 걸출한 작가 및 평론가가 참여하여 만든 동인지 〈우주진〉을 통해 많은 작가가 발굴되었다. 이후 1959년 후쿠시마 마사미가 편집장을 맡아 탄생한 일본 최초의 SF 잡지 〈S-F 매거진〉을 통해 고마츠 사쿄, 미츠세 류, 한무라 료 같은 신성들이 등장했다. SF의 팬이자 창작자인 이들은 1962년 팬 주도의 행사인 일본 SF 대회를 시작으로 결집하였고, 다음해에는 SF작가협회를 만들어 SF 문화를 이끌었다. 이 같은 팬들의 모임을 통해 〈신세기 에반게리온〉을 만든 가이낙스가 탄생했고, 수많은 작가와 평론가, 팬이 등장하며 일본의 SF를 성장시켰다.

일본의 SF 작가로는 3명가라 불리는 호시 신이치, 츠츠이 야스타카, 고마츠 사쿄를 시작으로, 『전투요정 유키카제』로 인공지능과 인간의 연결 가능성을 그려낸 간바야시 쵸헤이 같은 작가가 대표적이다. 근래에는 2009년 36세의 나이로 요절한 이토 게이카쿠가 눈에 띄는데, 『학살기관』, 『세기말 하모니』를 통해서 평생 병을 달고 살면서 작가가 느꼈을 존재와 감각의 상실을 매우 사실적이고 충실하게 그려냈다. 일본 SF 소설은 영미권 작품에 필적할 만큼 탁월한 과학적 상상력을 보여주면서도, 과학기술보다는 기술이 보편화된 사회에서의 개인의 변화를 보여주는 작품이 많다.

근래에 들어 급격하게 주목받고 있는 중국의 SF는 20세기 초 쥘 베른 작품이 번역되는 것으로 시작되었다. 공산 정권이 수립된 이후 중국에서는 과학 지식을 권장하고자 SF 창작을 지원했다. 1954년부터 1983년까지 꾸준한 작품 활동으로 '중국 SF의 아버지'라 불린 정웬광郑文光을 중심으로 여러 작가들이 활동했다. 1978년 정부연구소의 지원으로 창간된 〈과학문예〉는 이후 〈과환세계〉로 변경되어 전 세계 최대 부수를 자랑하는 SF 잡지로서 중국 작가의 탄생과 성장에 기여했다. 『삼체』 역시 〈과환세계〉에 연재하여 유명해진 작품이며, 『삼체』의 성공 이후 중국에 SF 팬들이 급증하고 있다.

중국은 문화혁명의 동안 정치, 사상적 자유에 제한을 받았으며, 80년대에도 '정신적 오염을 배제'한다며 중상, 비방을 받은 사례가 있었던 만큼, 정치, 사회적인 내용을 좀 더 적극적으로 표현하고 있다. 동시에 그들은 중국 고유문화인 유교나 도교 사상을 녹여내며 독자적인 방향성을 보여준다.

북한의 SF는 정부에서 출간해서 무료로 배포하면서 엄격한 통제를 받는 만큼, 중국과 달리 정치, 사상적인 내용을 다루지 않으며, 현실적인 경제 문제 해결에 초점을 맞추는 경향이 있다. 한국에도 소개된 황성장의 『푸른 이삭』은 당시 문제가 되었던 식량 문제 해결을 중시한 작품이며, 그 밖에 다른 작품들도 에너지나 대체 자원 문제를 중심으로 '과학으로 문제를 해결할 수 있다'라는 과학 계몽적인 성격을 강하게 보여준다.

4

SF와 미디어

SF 영화의 시대

SF 영화의 탄생

과학기술의 발전과 함께 과학 요소를 도입한 SF 연극이나 무대가 성행했지만, 진정한 의미에서의 SF 영상은 영화 기술을 만들어낸 마술사 조르주 멜리에스에서부터 시작되었다. 영화 기술을 오직 기록용으로만 생각했던 뤼미에르 형제와 달리 마술적 기술을 이용한 특수 촬영 기법으로 가상의 세계를 엮어낸 멜리에스는 쥘 베른의 『지구에서 달까지』를 바탕으로 〈달세계 탐험〉을 만들었는데, 원작과 달리 달에 도착하여 우주여행을 하고 월성인과 싸움을 하는 등의 이야기를 환상적인 영상으로 구현하여 SF 영화의 가능성을 펼쳐 보였다.

멜리에스에 의해 시작된 특수 촬영은 많은 이들에게 영향을 주어 『프랑켄슈타인』, 『지킬 박사와 하이드 씨』, 『해저 2만리』 같은 작품이 영화화되었다. 20세기 초의 SF 영화는 기존의 작품을 기반으로 재미에만 초점을 맞추어 제작했지만, 1927년에 제작된 프리츠 랑Fritz Lang의 〈메트로폴리스〉[1]는 미래 도시와 로봇, 항공전이나 디스토피아 사회 같은 다양한 SF 설정을 중시한 최초의 장편으로서, 그 독특한 영상미와 설정은 이후의 많은 SF뿐만 아니라 현대 건축에도 영향을 주었다.

거인과 소인의 시대

1930년대 영화에 음성이 들어가면서 영화 산업에 변화가 가속화되었다. 멜리에스로부터 시작된 특수 촬영 기술은 스톱모션과 합성 기술을 거쳐 더욱 발전하였고, 1925년 아서 코난 도일의 원작을 바탕으로 한 〈잃어버린 세계〉를 거쳐, 1933년에는 영화 〈킹콩〉의 개봉을 시작으로 현실의 영역을 뛰어넘는 SF 영화의 상상의 무대가 펼쳐졌다. 1954년 레이 해리하우젠의 〈해저의 다이노서〉(1953)에 영감을 받은 〈고지라〉가 일본에서 개봉하면서 괴수물 붐이 일어났고, 같은 해 방사능으로 거대해진 개미가 등장하는 〈뎀〉을

1. 〈메트로폴리스〉는 일본의 데즈카 오사무가 만화로 만들었으며, 이후 일본에서 계급 문제가 아닌 로봇 이야기로 바꾸어 애니메이션으로 제작되기도 했다.

기점으로 온갖 종류의 괴물이 SF 영화를 수놓았다.

이와 동시에 1947년에 시작된 '비행접시' 열풍이 SF 영화를 장식했다. 〈지구가 정지하는 날〉, 〈우주 전쟁〉, 〈지구 대 비행접시〉 등 외계인과 교류하고 충돌하는 여러 가지 작품이 스크린을 달구었다.

1950년대에는 〈금단의 행성〉의 로비, 〈지구가 정지하는 날〉의 고트를 거쳐 1965년부터 인기를 끈 TV 드라마 〈우주 가족 로빈슨〉의 프라이데이 같은 로봇 캐릭터가 눈에 띄었다. 특히 독특한 조형의 로비는 〈금단의 행성〉 이외에도 여러 작품에 재사용될 만큼 유명해져서 2004년 '로봇 명예의 전당'에 헌정되기도 했다.

1959년에는 로드 설링이 제작한 TV 드라마 〈환상특급〉이 선보였다. 리처드 매드슨이나 찰즈 버몬트 같은 장르 작가를 기용하고 설링 자신의 경험담을 바탕으로 인종차별이나 전쟁을 반대하는 메시지를 담은 이 작품은 사회 비판이 허용되지 않던 당시 검열을 피하고자 SF, 판타지 형식으로 제작되었고, 여기서 소개된 수많은 상상은 이후 많은 작품에 영감을 주어 SF, 판타지 장르에 대한 관심을 높이는 데 기여했다.

그림 13 〈환상특급〉

1960년 〈잃어버린 세계〉를 시작으로 쥘 베른 원작의 〈신비의 섬〉, 그리고 〈공룡 100만 년〉 등 공룡을 내세운 특촬물이 인기를 끌었다.

1968년 스탠리 큐브릭 감독이 아서 C. 클라크와 협력하여 만든 〈2001 스페이스 오디세이〉는 특수 촬영의 역사를 10년 앞당겼다는 평가를 받을 만한 영상미를 선보였다. 이 영화가 개봉한 해 아폴로 8호가 사상 최초로 달의 뒷면을 돌아서 귀환했으며, 다음 해엔 아폴로 11호가 달에 내려앉아 활동했는데, 여기서 촬영한 여러 장면이 이 작품과 너무도 닮아서 특수 촬영 기술의 완성도를 잘 보여주었다. 〈닥터 스트레인지 러브〉, 〈시계 태엽 오렌지〉를 제작한 스탠리 큐브릭 감독은 대사와 설명을 극도로 제한하며 오직 시각효과만으로 메시지를 전하는 기법으로 사람들을 놀라게 했으며, 인류의 진화라는 주제를 담은 아서 C. 클라크의 스토리를 SF 팬뿐 아니라 대중들에게 전하면서 세계 영화 사상 손꼽히는 명작으로 남게 했다.

같은 해, 프랑스 작가 피에르 불의 원작을 바탕으로 한 영화 〈혹성탈출〉은 진짜 원숭이를 보는 듯한 특수 메이크업 기술과 함께, 원숭이가 사는 외계 행성이 사실은 지구의 미래라는 충격적인 결말로 화제를 모았다.

1963년에는 BBC TV 드라마 〈닥터후〉가, 1966년에는 파라마운트의 TV 드라마 〈스타트렉〉이 탄생했다.

다양한 과학적 설정으로 흥미롭게 엮어낸 〈닥터후〉와 광활한 우주에서 미지의 세계를 찾아가는 〈스타트렉〉은 이후 많은 SF 작품에 영감을 주었으며, 현재까지도 이어지는 시리즈물로 인기를 끌고 있다. 특히 〈스타트렉〉은 진 로덴버리의 상상력을 바탕으로 당시 TV 드라마에서는 상상도 할 수 없는 다양성을 보여주며 가치관의 변화를 선도했고, 미래에 대한 지혜와 이해에 대한 확장을 이끌었다.[2]

일본에서는 거대한 초인을 등장시킨 〈울트라맨〉이 〈고지라〉와는 차별화된 시리즈물로 화제를 모았다. 인간에서 거대한 초인으로 변신하여 외계의 괴물에 맞선다는 이 작품은 〈마징가 Z〉처럼 인간이 조종하는 슈퍼 로봇물에 영감을 주었고, 훗날 〈신세기 에반게리온〉 같은 작품에도 영향을 주었다.

미지와의 조우

〈2001 스페이스 오디세이〉, 〈혹성탈출〉을 통해 발전한 특수효과의 도움으로 1970년대에 이르러 〈웨스트 월드〉처럼 독특한 상상력이 반영된 작품이 늘어났다.

---

2. 흑인 여성, 동양인 남성, 외계인 혼혈을 드라마의 중요 인물로 배치했을 뿐만 아니라, 미국 TV 역사상 최초로 백인 남성과 흑인 여성의 키스 장면이 등장한 작품이기도 하다. 미국의 이상을 그려낸 〈스타트렉〉은 오바마 대통령을 비롯한 많은 팬들에게 사랑받는 대중문화가 되었다.

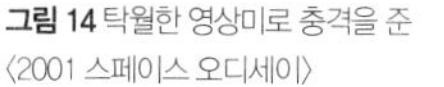
그림 14 탁월한 영상미로 충격을 준 〈2001 스페이스 오디세이〉

그림 15 〈스타트렉〉

특수효과로 인한 상상력은 1977년 〈스타워즈〉에서 정점을 찍었다. 조지 루카스의 〈스타워즈〉는 신화학자 조지프 캠벨에게서 영감을 얻은 신화적 상상력을 기반으로 한 영웅 이야기를 우주로 옮긴 작품이지만, 외계인이 가득한 술집이나 우주 기지 안의 쓰레기장 같은 생활감이 넘치는 공간을 재현하여 마치 지금 이 순간 우주 어딘가에서 같은 일이 벌어지고 있을지도 모른다는 현실감으로 사람들을 사로잡았다. 〈제국의 역습〉, 〈제다이의 귀환〉으로 일단 완결된 스타워즈는 피터 잭슨이나 제임스 카메론 같은 이들에게 영감을 주어 SF와 판타지 영화 산업의 발전을 이끌었으며, 1998년 〈보이지 않는 위협〉을 시작으로 한 프리퀄을 거쳐, 2015년 〈깨어난 포스〉로 이어지는 영화 시리즈와 〈클론 전쟁〉 등의 애니메이션, 그 밖에도 소설, 만화, 게임을 아우르는 거대한 프랜차이즈 작품으로 성장했다.

그림 16 〈스타워즈〉 팬이었던 이들이 참여한 〈깨어난 포스〉

1970년대에는 〈미지와의 조우〉, 〈에일리언〉 같은 작품이 화제를 모았으며, 스타니스와프 렘의 원작을 영화화한 〈솔라리스〉, 고마츠 사쿄의 원작을 영화화한 〈일본침몰〉도 각 나라에서 호평을 받았다. 특히 〈일본침몰〉은 영화를 보는 극장이 무너지는 장면으로 큰 화제를 모았으며, 일본 SF 중 최초로 베스트셀러가 된 원작 소설과 더불어 일본에서 SF를 대중화하는 데 큰 역할을 했다.

1980년대에는 스티븐 스필버그의 〈E. T.〉, 리들리 스콧의 〈블레이드 러너〉[3], 제임스 카메론의 〈터미네이터〉, 로버트 저매키스의 〈백투더 퓨처〉 같은 작품이 외계인과의 만남이나 인조인간의 자아, 시간 여행과 로봇 자객 같은 SF의 오랜 설정들을 계승하면서도 새로운 느낌으로 SF 영화의 대중화를 선도했다.

---

3. 〈2001년 스페이스 오딧세이〉와 함께 최고의 SF 영화 중 하나로 꼽히는 〈블레이드 러너〉는 개봉 당시 〈E. T.〉의 인기와 더불어 제작사의 강압으로 만들어진 행복한 결말이라는 어색함 등이 겹쳐 흥행에 참패했다. 감독 편집판을 통해 컬트적인 인기를 끌었다.

특히 필립 K. 딕의 소설 『안드로이드는 전기양의 꿈을 꾸는가?』를 원작으로 한 〈블레이드 러너〉는 독특한 영상미와 주제성으로 감동을 주며 〈공각기동대〉처럼 근미래를 다룬 SF 작품에 큰 영향을 주었다. 과학자들이 유령을 퇴치하는 〈고스트버스터즈〉도 흔히 판타지의 설정으로 여겨지는 유령 이야기에 과학적 상상력을 결합하는 재미를 주었다.

또 다른 자아, 그리고 SF 영화의 부흥

1991년 〈터미네이터 2〉는 핵전쟁으로 인한 묵시록적인 분위기를 잘 살려 사람들을 매료시켰다. 컴퓨터 그래픽CG을 사용한 액체 금속 로봇은 이제까지의 영화에선 볼 수 없는 독특함으로 충격을 주었고, 로봇과 인간의 공존이라는 문제를 다시 생각하게 했다.

5년에 걸쳐 만들어진 〈쥬라기 공원〉은 스톱모션 애니메이션을 이용한 특수효과에 종지부를 찍고 CG의 시대를 본격적으로 연 작품이었다. 충실한 특수효과와 연출, 배우들의 연기로 눈앞에서 공룡을 보는 듯한 경이로운 감동을 재현한 〈쥬라기 공원〉은 상상을 표현하는 한계를 넓히며, 공룡 붐을 일으켰다. 하지만 1편보다 못한 속편을 통해서 단순히 CG만 사용한다고 해서 감동을 주는 게 아님을 느끼게 했다.

같은 해 TV에서는 드라마 〈엑스파일〉이 화제를 모았다.

본래 시청률이 저조한 시간대를 위해 제작한 작품이었지만, 오컬트로만 치부되는 온갖 도시 전설에 SF 설정을 결합하고 흥미를 끄는 연출로 포장한 이 작품은 시즌 9를 거쳐 최근에 시즌 10이 다시 만들어지는 성공을 거두었고, 미국에 오컬트 붐을 가져왔다.

세기말을 장식하는 1999년에 개봉한 〈매트릭스〉는 주로 소설에서만 다루었던 가상현실을 대중적인 소재로 가져왔다. 특수효과에서도 화제를 모은 이 작품은 불릿샷을 비롯한 온갖 연출로 많은 작품에 영향을 주었으며, 우리의 삶이 진짜인지 한 번쯤 의심하게 만드는 계기가 되었다.

SF 만화의 성장

미국의 SF 만화

일찍부터 미디어와 함께 발달한 SF 작품은 영상뿐 아니라 만화와 함께 발전했다. 일본과 미국이 중심에 자리 잡은 SF 만화 중에서 일본 만화의 다양성이 눈에 띄지만, 미국 만화의 영향력도 작지 않다.

미국의 SF 만화는 미국의 펄프 잡지에서 연재했던 〈벅로저스〉, 〈플래시 고든〉 같은 작품에서 시작되어, DC코믹스와 마블코믹스로 대표되는 슈퍼 히어로물을 거쳐 발전했다. 작화를 통해 스토리를 보조하는 그래픽 노블로 발전한

그림 17 1910년 지구가 헬리혜성의 꼬리를 지나간다는 사실이 알려졌을 때 대중의 반응을 그린 엽서

이들 작품은 DC와 마블이라는 양대 산맥의 성장을 통해 발전했는데, 팀을 이루어 기획하고 회사에서 저작권을 소유하며 활용하는 시스템을 통해 슈퍼맨, 스파이더맨 같은 캐릭터를 계속 재활용하기에 이른다.

지금도 미키마우스 작품을 만드는 디즈니처럼 같은 캐릭터를 반복해서 사용하는 이러한 시스템은 슈퍼 히어로를 대중의 아이콘으로 만드는 역할을 했지만, 작품마다 설정에 오류가 생기거나 작가에 따라 작품성이 크게 차이가 나는 문제를 낳았으며, 지나친 재활용과 리부트reboot[4]로 팬들의 불만을 사기도 했다.

슈퍼 히어로 중심의 미국 만화는 2차 세계대전 이후 호황과 함께 다양한 색채를 보여주었다. 슈퍼 히어로의 인기

---

4. 작품의 설정을 갈아엎고 새롭게 만드는 것. 기본 캐릭터와 설정은 유지하되 전반적인 틀을 바꾸는 것으로 최근 기존 콘텐츠의 상업성을 연장하는 목적으로 활용된다.

그림 18 〈아이언 맨〉은 SF 속의 강화복 설정을 확산시키는 데 도움을 주었다.

는 일시적으로 바닥을 쳤지만, 50년대 중반부터 시작되는 실버에이지 시대에 차츰 인기를 회복했다.

냉전으로 가속된 아폴로 열풍 등으로 과학에 관심이 늘어난 1960년대에는 슈퍼 히어로물에서도 『아이언맨』이나 『스파이더맨』처럼 과학기술에 의한 히어로나 악당을 다루거나 시간 여행 같은 SF의 설정을 적극적으로 도입하기도 했다. 반면, DC와 마블의 성장으로 슈퍼 히어로 이외의 작품은 찾기 어려워졌으며, 어린이용 SF만이 명맥을 유지했다.

미국 시장에서 슈퍼 히어로를 제외한 성년층을 위한 SF는 주로 1960년대 말부터 활성화된 언더그라운드 만화에서 선보이고 있으며, 마블이나 DC에서도 산하 회사인 버티고 등을 통해서 『Y: 더 라스트맨』, 『브이 포 벤데타』 같은 작품을 선보이고 있다.

미국 만화 시장은 일본을 넘어설 만큼 거대하며 세계적인 영향력도 크다. 영화나 소설, 게임 같이 다양한 미디어와 연결되어 성공하고 있지만, 한편으로 마블, DC의 슈퍼 히어로로만 획일화되면서 독자들이 점차 외면하고 〈나루

토〉 같은 일본 만화의 인기가 급상승하고 있다.

최근 들어 이미지 코믹스 같은 인디 출판사에서 내놓은 『워킹 데드』, 『사가』[5]처럼 슈퍼 히어로가 아닌 만화가 화제를 모으고 있으며, 〈스타워즈〉, 〈트랜스포머〉, 〈스타트렉〉 같은 작품의 만화판이 인기를 끌면서 미국 SF 만화에 변화를 가져오고 있다.

일본 만화의 개성

만화 왕국이라 불리는 일본 만화는 2차 세계대전 후 데즈카 오사무를 시작으로 급격한 변화와 발전을 이룩하였다. 자신의 대다수 작품을 SF라고 부르는[6] 데즈카는 1952년 『철완 아톰』 이래 수많은 명작을 선보이며 일본 '만화의 신'으로 불리게 되었다. 애니메이션 제작에도 관심이 많았던 데즈카는 직접 애니메이션 회사를 세워 일본 최초의 장편 TV 만화인 〈철완 아톰〉을 만들었는데, 이를 통해 사실상 재패니메이션의 역사가 시작되었다.

일본 만화·애니메이션의 한 축을 차지하는 거대 로봇물의 탄생에는 데즈카 오사무의 만화 『메트로폴리스』에 빠져 직장을 관두고 만화가로 데뷔한 요코야마 미쓰테루의 영

---

5. 브라이언 본과 피오나 스테이플스가 제작한 스페이스 오페라. 서로 대결 중인 두 행성 출신의 주인공들이 사랑에 빠져 맺어진 뒤 추격을 피하며 딸을 보호하는 이야기로, 2013년 아이즈너상에 이어 휴고상 그래픽 노블 분야를 수상했다.

6. 심지어 〈붓다〉도 SF 종교만화라고 말한다.

향을 빼놓을 수 없다. 요코야마가 1956년에 선보인 『철인 28호』는 어떻게 사용하느냐에 따라 선의 도구가 되기도 하고 악의 도구가 되기도 하는 과학의 이면을 보여주며 사람들을 매료시켰고, 〈마징가 Z〉, 〈기동전사 건담〉으로 이어지는 거대 로봇 문화를 탄생시켰다. 닌자물에도 관심이 많았던 요코야마는 SF에 닌자물의 요소를 도입하여 초능력자와 일반인의 대립을 그린 『지구넘버 V7』, 초능력자의 대결을 그린 『바벨 2세』 같은 초인물도 만들어냈다.

초인물에서는 특촬물의 한 축을 차지하는 『가면 라이더』 시리즈와 『사이보그009』를 탄생시킨 이시노모리 쇼타로의 활약을 빼놓을 수 없다. 『인조인간 키카이더』를 통해 로봇의 고뇌를 그리기도 했던 이시노모리는 악당이 만들어낸 가면 라이더나 사이보그가 그 창조주에게 도전하는 이야기를 통해 일본 만화에 깊이를 더해주었다.

여기에 『도라에몽』, 『퍼맨』으로 과학 도구의 다채로운 재미를 더해준 후지코 F. 후지오[7], 『마징가 Z』를 통해 슈퍼로봇을 선보이고, 『데빌맨』, 『바이올런스 잭』으로 세기말적인 포스트 아포칼립스 세계관을 충실하게 연출한 나가이 고, 『은하철도 999』, 『우주해적 하록』으로 미지를 여행하는 스페이스 오페라의 재미를 불어넣은 마츠모토 레이지 같은

---

7. 후지코 F. 후지오는 후지모토 히로시와 아비코 모토오의 공동 필명으로 서로 독립한 뒤에는 후지모토 히로시가 사용했다.

작가들이 뒤를 이으며 일본 만화의 성장을 견인했다.

또한 〈아키라〉를 통해 일본 애니메이션의 위상을 재정립한 만화가 오토모 가쓰히로, 〈달려라 번개호(스피드레이서)〉, 〈타임보칸〉, 〈신조인간 캐산〉, 〈독수리 오형제〉를 낳은 요시다 다쓰오, 〈바다의 트리톤〉으로 어른도 감동할 수 있는 애니메이션을 선보이며 〈기동전사 건담〉으로 새로운 흐름을 만들어낸 도미노 요시요키, 〈미래소년 코난〉, 〈천공의 성 라퓨타〉, 〈바람계곡의 나우시카〉 등으로 일본 애니메이션의 작품성을 높인 미야자키 하야오처럼 만화·애니메이션 분야에서 수많은 명작을 선보인 제작자들이 일본 문화 전반을 이끌었다.

일본 만화는 회사에서 저작권을 갖고 슈퍼 히어로 캐릭터로 이야기를 만들어내는 미국 만화와 달리 작가 자신이 뚜렷한 주제 의식을 갖고 다양한 작품을 만들어낸 것이 눈에 띈다. 이를테면 이시니모리 쇼타로의 작품에서는 '악하게 창조되었다고 해도 그 힘을 어떻게 사용할지는 자신의 의지에 달린 것'이라는 양심의 문제와 고뇌를 엿볼 수 있다. 또한 로봇이나 초능력, 사이보그 같은 SF 설정을 사용하면서도, 과학적인 설정에 집착하기보다 이야기와 주제에 초점을 맞추는 것도 특징이다. 판타지적인 설정도 적극적으로 도입하여 다양성을 보여주기도 한다.

일본에서도 호시노 유키노부의 『2001년 야화』, 유키무

그림 19 세기말적인 포스트 아포칼립스 설정으로 수많은 작품에 영감을 준 〈바이올런스 잭〉

그림 20 우주 쓰레기 회수반을 주역으로 우주의 삶을 사실적으로 그려낸 〈플라네테스〉

라 마코토의 『플라네테스』, 코야마 츄야의 『우주형제』처럼 사실성과 과학적 설정에 충실한 작품이 적지 않지만, 이들 작품도 하드 SF처럼 과학기술에 초점을 맞추기보다 이를 사용하는 인간 이야기에 중점을 두며 그 삶의 모습을 충실하게 전한다.

소설가가 SF 창작의 중심을 이루는 미국과 달리, 일본에서는 데즈카 오사무가 SF작가협회에 가입하여 활동하고, 나가이 고가 SF작가협회 회장을 맡는 등 만화가에 의한 SF 창작이 활발하게 진행되고 있다. 또한 SF 소설이 SF 설정을 먼저 제시하는 미국과 달리 일본에서는 SF 만화가들이 주제의식을 갖고 적극적으로 새로운 설정들을 소개하고 있으며, 〈공각기동대〉, 〈사이코패스〉 같은 애니메이션으로 SF의 상상력을 충실하게 연출하고 있다.

최근 제작비 등의 문제로 개성적인 SF 애니메이션을 찾아보기 힘들지만, 잡지뿐 아니라 인터넷을 통해 다양한 작품을 선보이는 만화 분야에서는 여전히 독창적이고 흥미로운 SF 만화를 볼 수 있는 만큼, 앞으로도 일본만의 독특한 SF 작품을 기대할 수 있을 것이다.

SF 게임 콘텐츠

태초에 SF 게임이 있었다

'인터렉티브 미디어'라고 불리는 게임 콘텐츠는 직접 진행하면서 경험한다는 점에서 다른 미디어와 차이가 있다. 소설이나 영화가 정해진 내용의 이야기를 받아들이는 것에 그치는 반면, 게임은 체험하는 즐거움을 갖고 있으며, 직접 가상 세계의 누군가가 되어 모험할 수 있는 것이다.

1962년 MIT 공대에서 컴퓨터광들이 모여 만든 프로그램인 〈스페이스 워!〉는 그 같은 게임의 장점을 적용한 최초의 컴퓨터 게임이다. 태양 주변을 도는 두 대의 우주선이 서로를 향해 미사일을 쏘는, 매우 단순한 기능을 가진 프로그램이었지만 우주선과 미사일의 움직임에 태양의 중력 같은 과학적 요소를 적용하여 사실적인 느낌을 주었고, 실제 우주선을 조종하는 듯한 몰입감을 주었다.

이제껏 보고 듣는 매체를 통해 상상 속의 모험 이야기를

접해왔던 이들은 비디오게임을 통해 '체험하는 즐거움'을 얻게 되었고 현실에서는 접할 수 없는 가능성에 빠져들었다. 전투기를 몰고 우주를 날아다니는 조종사가 되는가 하면 칼을 들고 용과 싸울 수 있고, 제다이처럼 멋진 몸놀림으로 수많은 악당들을 쓰러뜨리고, 심지어 시간을 여행하며 외계인들과 대결했다.

컴퓨터 기술의 발달과 함께 게임은 더욱 실감나게 변모하였고, 개인용 컴퓨터에 이어 가정용 게임기, 스마트폰으로 이어지면서 다채롭게 발전하였다. 〈스페이스 워!〉로 시작된 비디오게임의 가능성은 상업적으로 성공한 최초의 전자 테니스 게임인 〈퐁!〉을 거쳐 급격하게 성장했다. 초기 비디오게임은 스포츠 경기처럼 둘 이상의 플레이어가 함께 진행했지만, 타이토의 〈스페이스 인베이더〉[8] 이후 컴퓨터가 조종하는 수많은 적을 물리치는 형태로 발전했다. 당시로선 획기적이었던 이 게임은 혼자서도 게임을 할 수 있게 하여 대성공을 거두었고, 우주 전쟁을 직접 체험하는 재미와 함께 지구(우주)를 구하는 영웅이 되는 기회를 전해주었다.

---

8. 타이토의 슈팅 게임. 포대를 조종해서 화면 위에서 내려오는 외계 침략자를 물리치는 슈팅 게임의 원조. 본래는 병사를 물리치는 게임으로 만들 예정이었지만, 화면 위에서 적이 몰려오는 구성이기 때문에 우주에서 내려오는 외계인의 침략에 맞선다는 'SF 스토리'를 적용하며 재미를 더했다.

게임의 분화와 블록버스터의 탄생

컴퓨터 기술과 함께 게임의 모습도 다채로워졌다. 슈팅 게임은 고정된 화면에서 진행하던 〈갤러그〉에서 화면을 이동하는 〈제비우스〉로 발전했고, 80년대 중반엔 3차원 분위기의 〈스페이스 해리어〉가 등장하며 더욱 실감나게 변모했다. 동시에 오락실 게임뿐 아니라 가정용 컴퓨터에서도 여러 가지 게임이 등장했다.

〈스페이스 퀘스트〉나 〈스내처〉 같이 대화를 진행하며 소설처럼 이야기를 즐기는 어드벤처 게임, 〈웨이스트랜드〉, 〈뉴로맨서〉처럼 게임 속 인물이 되어 살아가는 롤플레잉 게임이 등장했다. 또한 진짜 로봇이나 전투기를 탄 것 같은 느낌을 주는 〈메크워리어〉, 〈엑스윙〉 같은 작품이 눈길을 끌었다.

1990년 오리진 사에서 선보인 〈윙커멘더〉는 비디오 게임 분야에 새로운 변화를 가져온 게임으로 기억된다. 우주를 무대로 킬라시라는 이름의 외계인과 대결을 벌이는 전투기 조종사의 이야기를 담은 이 작품은 게임 사상 최초의 블록버스터라 불릴 만큼 막대한 제작비를 들이면서 엄청난 인기와 이익을 손에 넣었다. 충실한 스토리에 영화적인 연출을 동원한 이 작품을 기점으로 게임은 스토리 작가를 포함한 수많은 직원이 참여하는 종합 예술로 거듭났다. 특히 1995년 당시로선 파격적으로 CD 4장으로 출시한 〈윙커멘더 3〉는 영화 〈스타워즈〉에서 루크 스카이워커 역을 맡은

그림 21 마크 해밀이 주인공으로 출연한 동영상으로 호평받은 〈윙커맨더 3〉

마크 해밀이 출연한 실사 영상을 더하여 호평받았다.

1992년 웨스트우드에서 선보인 〈듄 2〉는 또 다른 관점에서 눈길을 끈 게임이다. 프랭크 허버트의 소설을 원작으로 한 이 작품은, 소설과는 달리 세 진영이 아라키스 행성(듄)을 놓고 대결하는 전쟁을 연출하여 재미를 주었다. 〈듄 2〉에서 시작된 실시간 전략 장르는 이후 SF설정의 〈커맨드 앤드 컨커〉와 판타지 설정의 〈워크래프트〉로 이어졌고, 〈토탈 어나이얼레이션〉, 〈스타크래프트〉, 그리고 3차원 우주 공간에서 대규모 전투를 벌이는 〈홈월드〉 같은 게임을 낳았다.

SF 게임의 가능성

판타지 장르의 게임이 『반지의 제왕』 등의 작품에서 영감을 얻은 보드게임과 테이블 탑 롤플레잉 게임TRPG, Table-Top Role Playing Game[9]를 바탕으로 한 롤플레잉 게임 장르에서 출발하여 발전한 것과 달리, SF는 〈스페이스 워!〉처럼 우주 전쟁이나

9. 특정한 세계 설정을 바탕으로 플레이어가 각각 자신이 만든 인물의 역할을 맡아서 이야기를 만들어나가는 게임. 컴퓨터용 롤플레잉 게임에 영향을 주었다.

미래 상황을 체험하고 싶은 팬들의 욕망에서 시작되어 다양한 모습의 비디오 게임으로 발전했다.

SF에서는 전함이나 로봇, 전투기처럼 다양한 탈것이 등장하는 만큼, 슈팅 게임과 같은 조종 게임이 특히 발달하였지만, 대규모 전쟁 게임이나 병사들을 조종하는 전투 게임도 다양하게 선보이고 있다.

SF 게임은 그 소재만큼이나 다양한 이야기와 구성을 갖고 있다는 것이 특징이다. 초기엔 우주 전쟁이라는 흔한 소재에서 벗어나지 못했던 SF 게임은 시간이 지나면서 〈웨이스트랜드〉 같은 디스토피아적인 세계관의 모험물, 〈스내처〉 같은 사이버펑크, 〈엘리트〉 같은 우주 교역 이야기, 〈바이오 해저드〉, 〈라스트 오브 어스〉 같은 좀비물, 〈엑스컴〉처럼 외계인에 맞서는 조직을 지휘하는 이야기나 〈언내추럴 셀렉션〉 같은 유전자 조작 괴물을 조종하는 내용에 이르기까지 다채로운 소재를 도입하게 되었다. 〈윙커맨더〉나 〈메탈기어 솔리드〉처럼 영화를 체험하는 듯한 작품뿐만 아니라 〈하프라이프〉처럼 게임만의 독특한 스토리 연출을 도입하고, 〈폴아웃〉처럼 특정한 스토리에 얽매이지 않고 세계를 자유롭게 돌아다니는 게임을 선보이고 있다. 〈스타워즈〉, 〈기동전사 건담〉처럼 오랜 역사와 많은 팬을 거느린 작품이 적지 않다는 것도 SF 게임의 가능성을 넓혀주고 있다.

다만, 세계를 체험하고 즐기는 롤플레잉 장르에서 SF 게임의 수가 많지 않다는 것은 아쉬운 일이다. 〈섀도우 런〉, 〈메크워리어〉, 〈트레블러〉 등의 TRPG나 〈워해머 40000〉 등의 미니어처 게임, 〈황혼의 제국〉, 〈이클립스〉 같은 보드 게임에 이르기까지 SF 장르의 보드, 카드 게임이 적지 않지만, 비디오 게임에서 〈폴아웃〉이나 〈보더랜드〉 시리즈 정도를 제외하면 근래에 SF 배경의 롤플레잉 게임을 찾기 힘들다. 세계적으로 사용자가 많은 대규모 온라인 롤플레잉 게임MMORPG 장르에서도 〈월드 오브 워크래프트〉나 〈리니지〉 만큼 인기를 끄는 SF 게임은 없다. 〈스타워즈〉 설정의 〈구공화국〉, 우주를 무대로 높은 자유도를 제공하는 〈이브 온라인〉 정도가 고작이다.

SF 장르에서 롤플레잉 게임을 찾기 어려운 것은, 일반적으로 SF가 우주나 미래를 무대로 총이나 대포 같은 원거리 병기를 주로 사용하기 때문이라 생각된다. 로봇이나 차량 같은 병기를 조종하는 것은 인물을 직접 조작하여 진행하는 것보다 '캐릭터의 역할을 수행하는 느낌'이 약하다거나, 비슷한 설정으로 친숙하게 접근할 수 있는 판타지와 달리 작품마다 설정이 달라 몰입감을 떨어뜨린다는 견해도 있다.

하지만 〈스타워즈〉처럼 총이 아닌 칼을 사용하는 SF 작품이 나올 수도 있으며, SF만의 다양한 세계관과 설정, 그리고 병기라는 요소들은 기존과는 다른 재미를 줄 수도 있다. 온갖 기계 병기들이 몬스터로 돌아다니는 세계를 무대로 전차를 타고 싸우는 〈메탈 사가〉, 기계화된 동물이 살아 숨쉬는 세상에서 활과 창을 들고 여행하는 〈호라이즌 제로 던〉, 과학기술을 마법처럼 사용하는 미래 세계를 무대로 한 TRPG 〈누메네라〉 같은 작품은 이 같은 SF의 차별성을 보여주며 독특한 SF 롤플레잉의 성장을 기대하게 한다.

SF 게임은 상상의 세계를 직접 체험하게 해준다. 우리는 영화 〈스타워즈〉에서 우주전쟁이나 제다이의 칼싸움을 볼 수 있지만, 그것은 〈스타워즈〉라는 거대한 세계를 살짝 엿보는 것에 불과하다. 반면 게임은 이러한 이야기를 직접 체험할 수 있을 뿐만 아니라, 영화나 소설에선 느끼지 못한 즐거움을 준다. 〈바이오 해저드〉가 SF 좀비물의 대중화를 이끌었듯이 직접 체험하는 SF 게임은 SF의 재미를 쉽게 느끼고 즐기게 해준다.

이 같은 재미에 힘입어 미국, 일본에서는 게임을 기반으로 영화, 애니메이션 같은 원소스 멀티유즈가 활발하다. 〈스타워즈〉, 〈기동전사 건담〉, 〈스타트렉〉 같은 장편 시리즈물이 많은 만큼, 이들 작품의 게임이 꾸준히 인기를 누리고 있으며, 새로운 팬을 끌어들이며 시리즈물의 성장을 이끌고 있다.

반면 한국에서는 일찍이 슈팅 게임 〈그날이 오면〉, 실시간 전략 게임 〈삼국지 천명〉 정도를 제외하면 SF 게임을 찾

그림 22 파괴된 세계를 무대로 생물병기와 전차에 맞서 활약하는 〈메탈 사가〉

기 어렵고, MMORPG 분야도 〈RF 온라인〉[10] 이외에 성공한 작품이 거의 없다. 국민 게임으로 불린 〈스타크래프트〉의 대성공에도 불구하고 SF 게임을 찾기 어려운 것은 한국에서 SF 문화가 충분히 대중화되지 못했고, SF만의 재미를 발굴하려는 노력이 부족했기 때문이라 생각된다. 실례로 출시 전에 화제를 모았던 〈메탈레이지〉 같은 게임은 완성도에 문제가 있었지만, 그보다는 로봇 전투만의 매력을 충분히 살리지 못한 것이 가장 큰 단점이었다.

근래에도 큰 회사에서 진행 중인 거대 로봇 게임의 기획이 취소된 일이 있는데, 이 같은 현실은 한국 SF 게임의 창작이 어려운 현실을 잘 보여준다. 하지만 최근 영화나 소설에서 여러 SF 작품이 화제를 모으고 있으며, 웹게임이나 모

---

10. 〈RF 온라인〉 역시 판타지에 로봇을 등장시킨 것에 가깝지만, 유일하게 로봇을 조종하는 MMORPG로서 〈트랜스포머〉, 〈아이언맨〉 같은 영화에 힘입어 반사이익을 보았다.

바일용 SF 게임이 조금씩 시도되는 만큼 앞으로 한국만의 SF 게임 대작이 나오기를 기대해본다.

〈바이오해저드〉와 좀비물의 새로운 흐름

좀비Zombie라는 존재는 본래 부두교에 등장하는 되살아난 시체를 가리키는 말이다. 부두교 주술사가 시체를 부활시켜 노예로 부린다는 전설에서 나온 이 존재는 흡혈귀 요소를 결합하여 사람을 물어뜯음으로써 좀비화되는 내용으로 엮어낸, 조지 A. 로메로의 『살아있는 시체의 밤』을 통해 대중화되었다. 부두교에서 나온 만큼 좀비는 판타지의 주요한 소재였지만, 시간이 흐르면서 SF에서 더 널리 활용된다.

좀비라는 개념에 '세균'이라는 과학적인 설정을 결합한 작품은 오래전부터 나왔지만, 이를 대중화시킨 것은 캡콤의 게임 〈바이오해저드(레지던트 이블)〉 덕분이다. 제약회사의 생물병기 실험 중 사고로 발생한 좀비들에 맞서 싸우는 이 작품은 영화 〈레지던트 이블〉 시리즈의 성공을 낳았으며, 좀비물이 작은 마을에서 일어나는 공포물이 아닌 소설 『세계대전 Z』나 만화 『워킹 데드』, 게임 〈라스트 오브 어스〉 같은 재난물이나 포스트 아포칼립스물로 성장하는 계기를 가져왔다. 지금도 좀비물은 하나의 장르라고 불릴 만큼 인기를 누리고 있으며, 심지어 한국의 한 출판사에서는 '좀비 아포칼립스 문학상'이라는 것을 만들기도 했다.

5

한국의 SF와 SF 장르의 가능성

한국 SF의 시작

한국의 SF 문화는 일본과 마찬가지로 서양의 문물, 특히 과학을 배우고 이를 통해 사회를 발전시키고자 하는 계몽주의에서 시작되었다. 1907년 재일 유학생이 펴낸 잡지 〈태극 학보〉에 연재된 『해저 여행 기담』(『해저 2만리』)이나 1908년 이해조가 펴낸 『철세계』(『인도 여왕의 유산』)처럼 쥘 베른의 작품을 번안하면서 시작된 SF 문화는, 이후에도 서양의 여러 작품을 소개하며 이어갔다.

초기의 한국 SF가 과학에 대한 동경과 사회 변혁을 주장한 반면, 한국의 창작 SF 1호는 인간성을 풍자한 기발한 작품이었다. 1929년 소설가 김동인이 쓴 『K박사의 연구』는 대체 식량을 연구하는 과학자의 이야기다. 오랜 연구 끝에 ○○병이란 식량을 만들었지만, 문제는 똥이 재료였다는 점이다. 발표회에서 그 사실을 모르고 먹었던 사람들이 알게 되자 결국 박사는 연구를 중단하게 된다. 폐기물인 똥을 식량으로 만든다는 발상보다 그것을 대하는 사람들의 모습을 풍자한 이 작품은 기발했지만 SF 작품으로 반향을 일으키진 못했으며, 김동인 역시 이후로 이런 작품은 쓰지 않았다.

이후에도 한국에서 창작 SF나 번역, 번안 작품이 나왔지만, 그다지 큰 반향을 보이지는 못했다. 일제강점기를 지나 2차 세계대전과 한국전쟁의 혼란 속에 문화 발전은 정체되었고, 전쟁 후의 폐허 속에 과학적 상상을 꿈꾸긴 어려웠다. 그로 인해 한국 SF는 50년대 중후반에 이르러서야 다시 걸음마를 시작하게 되었다.

창작 SF의 성장

한때 한국에서 중단되었던 창작 SF가 본격적으로 시동한 것은 1950년대 후반 청소년 대상의 과학 모험소설을 선보인 한낙원의 『금성탐험대』와 김산호의 『라이파이』의 등장 덕분이었다. 미국과 소련의 우주탐사 경쟁을 소재로 한 『금성탐험대』와 22세기 미래에서 독특한 장비로 무장한 소년 영웅 라이파이의 활약을 그린 『라이파이』는 폐허 속에서도 꿈을 키워나가기 시작한 어린이, 청소년들에게 호평받으며 희망을 심어주었다.

1960년대엔 한국 최초로 '사이언스 픽션'이라는 말을

표지에 내건 문윤성의 『완전사회』를 선보였으며, 1960년대 후반에는 〈우주괴인 왕마귀〉, 〈대괴수 용가리〉 같은 특수촬영물이 극장가를 수놓으며 SF 문화를 조금씩 알렸다.

그럼에도 한국에서는 SF가 하나의 문화가 되지 못했다. SF 작가라는 타이틀을 내건 작가가 작품을 꾸준히 선보이고, 만화, 애니, 드라마 등으로 관심을 지속시켰던 미국이나 일본과 달리, 한국에서는 청소년 대상의 소설을 여러 편 집필한 한낙원 작가를 제외하면 SF를 꾸준히 창작하는 사람은 찾기 어려웠고, 영상물도 극장에서 잠깐 소개되었기에 SF를 좋아하는 팬이 성장할 수 없었다.

1970년대 들어 '아이디어 회관 문고' 같은 전집류를 통해 외국의 명작이 소개되고, TV의 확산과 더불어 〈철완 아톰〉, 〈마징가 Z〉 같은 일본 애니메이션과 미국 영화·드라마가 쏟아져 들어오면서 비로소 한국에서도 SF 팬들이 생겨나기 시작했다. 아동용으로 쉽게 정리된 아이디어 회관 문고와 애니메이션, 영화 들은 SF의 재미를 전하며 'SF 장르'를 친숙하게 느끼게 해주었다.

이러한 흐름에 영향을 받아 한국에서도 〈로보트 태권 V〉 같은 극장 애니메이션이 꾸준히 제작되었다. 여기에 고유성, 김형배[1] 등의 작가가 등장하고 〈학생 과학〉처럼 SF 설정

---

1. 〈라이파이〉 이후 특별한 SF 작품을 선보이지 않은 김산호와 달리 고유성과 김형배는 다양한 SF 만화를 선보이며 어린이, 청소년에게 SF의 재미를 심어주었다. 다작 작가였던 이들은 디자인 표절이나 외국 작품의 속편을 무단으로 만드는 잘못을 저지르기도 했

을 소개하는 어린이용 과학 잡지가 성장하면서, SF라는 장르를 막연하게 동경하는 이들이 나타났다. 박상준, 김상훈(강수백), 고장원 등 훗날 1세대 SF 팬이라 불리며 한국 SF 문화를 견인한 이들이 등장한 것이다.

아이디어 문고 같은 여러 SF 문화의 유입과 함께 탄생한 1세대 SF 팬들은 2차 세계대전 후 일본 팬들이 그랬듯이, 제대로 된 SF 작품이 거의 없는 현실을 아쉬워하며 자신들이 직접 번역 기획을 진행했다. 이들을 통해 소개된 영어권 SF는 SF 장르에 익숙해진 팬들이 더욱 성장하는 계기가 되었으며, 창작 활동에도 도움을 주었다.

1980~90년대 초 박상준의 『멋진 신세계』 같은 SF 개론서가 등장하고, 신문이나 잡지를 통해 SF를 소개되는 한편, 주로 스포츠 신문을 중심으로 추리, SF 공모전이 열리면서 본격적으로 SF를 집필하는 작가들이 등장했다.

복거일은 『비명을 찾아서』를 통해 일제하에서 해방되지 못하고 식민지로 남아 있는 서울(경성)을 보여주었다. 국내 최초의 대체 역사소설로서 대체 역사 붐을 일으키기도 했던 『비명을 찾아서』는 훗날 영화 〈2009 로스트 메모리즈〉의 모티프가 되기도 했으며, 그 참신한 발상으로 일반 문학 독자를 SF 분야로 끌어들이는 데 도움을 주었다.

지만, 〈번개기동대〉나 〈고독한 레인저〉처럼 재미와 깊이를 겸비한 독창적인 작품으로 지금도 팬들에게 회자되고 있다.

1989년 한국 애니메이션 붐에 힘입어 제작된 TV 애니메이션 〈2020 원더키디〉는 당시 국내 최고의 제작진이 모여 만든 만큼 높은 완성도로 외국에서 상을 받는 등 화제를 모았지만, 상업적인 성공으로 이어지지 못해 아쉬움을 남겼다.

새로운 SF 문화의 흐름

1세대 팬에 의한 영미권 SF 번역과 창작은 새로운 SF 팬을 형성했다. 1세대 팬처럼 외국 원서를 찾아본 것이 아니라 주로 번역된 작품으로 SF를 접하고, 『로보트킹』, 『20세기 기사단』 같은 만화와 〈스타워즈〉, 〈백투더 퓨처〉, 〈터미네이터〉 같은 영화를 접한 이들은 가능한 많은 경험을 공유하고자 컴퓨터 통신으로 모여들었다.

1989년에 최초의 SF 동호회 '멋진 신세계'를 시작으로 SF 팬들은 서로의 정보와 취향을 나누며 SF 시장의 확대를 가져왔고, 다수의 SF 작품이 쏟아지는 계기를 낳았다. 『뉴로맨서』, 『듄』 같은 시리즈가 선보이는가 하면 SF 총서 '그리폰 북스'가 등장했다.

1990년 초에 나온 다나카 요시키의 스페이스 오페라 『은하영웅전설』은 당시 인기 높은 〈삼국지〉 같은 게임과 맞물려 폭발적인 인기를 얻었으며, 새로운 SF 팬을 끌어들였다. 『은하영웅전설』은 대학교 도서관에서 중국 무협소설과 함께 대출 1순위를 고수하였는데, 당시 언론에서는 지식의 전당인 대학교에서 교양 도서 대신 장르 소설이 인기를 끄는 것에 대해 문제를 제기하기도 했다.

이 같은 인기 속에 나경문화에서 한국 최초의 SF 전문잡지 〈SF 매거진〉을 내놓기도 했지만, 독서 회원으로 가입한 이들을 위한 비매품으로 나온 이 책은 생각만큼 많이 퍼지지 못했고, 2호를 끝으로 막을 내렸다.

1990년대 한국 SF는 컴퓨터 통신 동호회를 중심으로 양적 질적 팽창을 이룬 시기였다. 공모전이 열리고, SF 총서를 통해 번역 작품이 쏟아지며 팬을 만족시켜주었다.

1997년에는 듀나라는 필명의 작가가 단편집 『나비 전쟁』을 내놓았다. 외국 SF에 비견할 만한 과학적 상상력과 한국인으로서의 공감대를 가진 듀나의 작품은 SF 팬들에게 화제가 되었다. 듀나는 영화평론가로 활동하면서 『면세구역』, 『태평양 횡단 특급』 등 여러 단편집을 선보이며, 한국을 대표하는 SF 작가로 활동 중이다.

1990년대 말에 다시 시작된 TV 애니메이션 제작 붐으로 〈녹색전차 해모수〉, 〈영혼기병 라젠카〉 같은 여러 편의 SF 애니메이션이 만들어졌다. 〈영혼기병 라젠카〉는 프라모델 제작을 시도하고 게임과 음반[2]을 내는 등 적극적인 원소스 멀티유즈에도 불구하고 상업적으로는 실패했다. 하지만 1999년에

---

2. 신해철이 속한 그룹 넥스트가 음악을 맡았으며, 명음반의 하나로 손꼽힌다.

제작된 〈레스톨 특수구조대〉[3]는 전투가 아닌 인명 구조를 목적으로 한 로봇이라는 설정으로 화제를 모았고, 외국에서도 호평받았다.

만화에서는 김진, 강경옥, 신일숙 같은 여성 작가의 작품이 눈길을 끌었다. 근미래의 도시를 무대로 삶의 단편을 소개한 강경옥의 『라비엠폴리스』나 인류의 후손 간에 펼쳐지는 우주전쟁을 그린 김진의 『푸른 포에닉스』 등의 작품은 인간에 대한 깊은 고민과 진지한 내용으로 SF 팬의 마음을 사로잡았다. 1990년대에는 〈아이큐 점프〉, 〈소년 챔프〉 같은 소년 주간지를 중심으로 선이 굵고 진지한 액션 SF 작품이 화제를 모았다. 이현세의 『아마겟돈』을 시작으로 이태행의 『타임시커즈』, 김준범의 『기계전사 009』 등의 작품이 충실한 연출과 흥미로운 설정으로 눈길을 끌었다.

대중문화의 성장

1990년대까지의 한국 SF 문화가 번역 SF를 동경한 이들의 모방에 가까웠다면 2000년대의 한국 SF 문화는 한국만의 특징을 살리며 새롭게 시작되었다. 이는 PC 통신에서 인터넷으로 옮겨가면서 생겨난 변화이기도 했지만, 게임이나 애니메이션, 영화 같은 문화의 유입으로 SF 팬 층이 다양해

---

3. 〈레스톨 특수구조대〉는 총 26화의 작품으로 한국 최초로 3D 그래픽을 활용하고 디지털 공정으로 제작한 작품이다. 작화와 내용 모두 완성도가 높아 인기를 끌었고, 극장용으로 만들 계획도 있었지만 제작사가 문을 닫으며 중단되었다.

졌기 때문이다.

소설 중심의 통신 동호회와 달리 〈스타워즈〉, 〈기동전사 건담〉, 〈맥 워리어〉 등의 게임과 애니메이션으로 SF 장르를 즐기는 팬이 중심이 되어 동인지를 만들거나 SF 행사를 열었던 '조이 SF 클럽', 장편 판타지 중심의 PC 통신 창작란에 불만을 느낀 작가들이 단편 장르 소설을 소개하기 위해 만든 환상문학웹진 〈거울〉, 그리고 대표에서 영업부장, 기획자까지 전원이 SF 팬으로 이루어진 '행복한 책읽기' 같은 출판사가 등장하면서 팬들을 중심으로 다양한 SF 문화 활동이 진행되었다.

과학창의재단에서 진행한 '과학기술창작문예공모전'이나 아시아태평양 물리학협회의 웹진 〈크로스로드〉에서 SF를 공모, 게재함으로써 배명훈, 김창규, 김보영 등의 작가가 등장했다. 한국 작가의 작품을 모은 단편집이 꾸준히 나오게 된 것도 SF 장르에서 활동하는 작가가 늘었기 때문이다.

2000년대에는 〈매트릭스〉 등 외국 SF 영화들이 성공하면서 SF 영화 붐이 일어나기도 했다. 복거일의 『비명을 찾아서』에서 영감을 얻은 〈2009 로스트 메모리즈〉를 시작으로, 〈내츄럴 시티〉, 〈예스터데이〉, 〈성냥팔이 소녀의 재림〉, 〈원더풀 데이즈〉처럼 화려한 영상과 난해한 내용의 작품이 매년 등장했다. 하지만 이들 작품 중에서 호평받은 것은 〈2009 로스트 메모리즈〉 하나뿐으로, 나머지 작품들은 SF

의 재미를 충분히 전달하지 못하고, 관객들과의 소통에 실패하면서 제작비도 건지지 못하고 말았다. 이 당시 상당수의 영화는 〈블레이드 러너〉, 〈매트릭스〉, 애니메이션 〈공각기동대〉 등의 뉴에이지, 사이버펑크 작품에 영향을 받았는데, 실제 나온 작품은 단순히 영상에만 매몰된 짝퉁에 가까웠다.[4] SF 영화의 연이은 실패는 영화계에서 SF 색채를 지닌 작품을 피하는 결과를 낳았지만, 한편으로 한국에서 SF 문화가 조금씩 대중화되고 있음을 보여주는 신호이기도 했다.

한국 SF의 미래

2010년대의 한국 SF는 많이 성장했지만, 아직도 대중문화라고 하기에는 모호한 상황이다. 게임 〈스타크래프트〉의 대성공에 이어 영화계에서도 〈인터스텔라〉나 〈아바타〉, 〈어벤져스〉 같은 작품이 화제를 모으고, 최근에는 SF 소설 『마션』이 베스트셀러가 되기도 했지만, 한국에서 SF는, 특히 SF 소설은 대중의 사랑을 받는다고 보기 어렵다.

매년 약 3,000종의 판타지가 소개되며 대여점을 가득 메운 것과 달리 SF 소설은 연간 80종 정도에 불과하며, 라이트 노벨이나 경계 작품을 더해도 200종에 미치지 못한

---

4. 2000년대 초중반에 만들어진 SF 중엔 〈지구를 지켜라〉처럼 SF적인 재미를 잘 살려서 외국 영화제에서 호평받았음에도, 한국 관객의 호응을 얻지 못해 실패한 작품도 있다. 이는 코믹 블록버스터라고 잘못 광고한 마케팅의 잘못도 있지만, 이 작품의 SF 설정이나 재미가 한국 관객에겐 이해하기 어렵고 너무 무거웠다는 점이 가장 큰 문제였다.

다. 더 큰 아쉬움은 그중 한국 작가의 작품은 얼마 되지 않는다는 것이다. 일본에서는 하야카와출판사 한 곳에서 출판한 일본 작가의 창작 SF 소설만 1,000권을 넘고, 미국은 그 몇십 배에 이르고 있으며, 중국도 『삼체』 같은 작품이 휴고상을 받는 등 수없이 많은 작품이 선보이는 반면, 한국에는 SF 잡지 하나 존재하지 않는다. 작가들 역시 꾸준히 책을 내는 사람은 듀나를 포함해서 몇 명 되지 않는다.

한국 SF 작가들의 경험이 충분하지 못한 것도 문제다. 일본 SF 시장이 〈SF 매거진〉이라는 잡지와 함께 성장하고, 잡지의 몰락과 함께 암흑기로 접어들었듯이, 작가들에게는 꾸준히 책을 낼 수 있는 공간과 장소가 필요하지만, 현실은 그렇지 못하다. 조아라나 문피아, 네이버 웹소설 같은 인터넷 공간은 로맨스와 무협, 판타지가 장악하고 있으며, 환상문학 웹진 〈거울〉은 작가들의 동인 모임이기에 저변을 넓히기 어렵다는 한계가 있다.

하지만 한국 SF가 완전히 암울한 상황은 아니다. 여러 SF 영화의 성공으로 한국 팬들은 SF 장르를 좀 더 편하게 받아들이게 되었고, 독자들도 배명훈이나 장강명 작가의 작품처럼 재미있다면 돈을 내겠다는 의욕을 보인다.

'한낙원 문학상'을 비롯한 각종 SF 장르 문학상이 생겨나고, 과천과학관에서 주최하는 'SF 어워드' 같은 SF 대상이 만들어진 것도 고무적이다. 무엇보다 웹과 모바일을 기

반으로 창작을 하고, 작품을 판매할 수 있는 플랫폼이 늘어나고 있는 것도 주목할 만하다. 양영순의 『덴마』, 이장희의 『마인드 트래커』, 김성민·이기호의 『나이트런』 등 웹툰과 그래픽 노블이 독자의 호응을 얻고 있으며, 네이버 웹소설이나 카카오페이지에서도 SF 소설이 조금씩 눈에 띈다. 웹과 모바일뿐만 아니라 주문형 출판 시스템POD, Publish On Demand[5]이 도입되면서 고장원의 『SF 가이드 총서』처럼 일반 출판 시장에서는 보기 어려운 SF 장르 전문서가 등장하고 있다.

봉준호 감독의 〈괴물〉, 〈설국열차〉의 성공에도 불구하고 SF 영화의 창작 열기는 시들하지만, TV에서는 〈별에서 온 그대〉, 〈나인〉처럼 외계인, 시간 여행 같은 SF 설정을 도입한 드라마가 늘어나고 있으며, 〈고스트 메신저〉 같은 OVAOriginal Video Animation[6]가 호평받은 것도 주목할 만하다.

하지만 무엇보다도 눈길을 끄는 것은, 기적의 책, 온우주, 불새, 에픽로그처럼 장르 팬들이 출판사를 만들어 꾸준히 작품을 소개하고 있다는 점이다. 장르 팬인 대표나 편집자가 자신이 좋아하는 작품이나 작가를 선정하여 독자들에게 제공하는 출판사의 작품이 SF 어워드 같은 상을 휩쓸고,[7] 주

---

5. 책을 주문할 때마다 제작하는 시스템. 가격은 비싸지만, 재고 부담이 없고 내용을 계속 수정할 수 있다는 장점이 있어 세계적으로 널리 퍼지고 있다.

6. TV나 극장에 의존하지 않고 DVD나 비디오 판매로 수익을 얻는 애니메이션.

7. 2015년에는 에픽로그에서 출간한 작품이 SF 어워드의 장·단편 부분을 수상했으며, 아작에서 출간한 『리틀 브라더』 등의 작품이 화제를 모았다.

목받는 것은 팬과 함께 성장한 한국 SF 문화가 성숙하고 있음을 보여준다. 나아가 〈또봇〉, 〈바이클론즈〉, 〈터닝메카드〉 같은 아동용 SF 애니메이션이 성공하고 있다는 사실 역시 앞으로 한국 SF의 대중화를 기대하게 한다.

SF의 즐거움을 나누는 비결

2016년 1월 문예 평론지 〈악스트〉 4호에 실린 작가 듀나의 인터뷰가 논란을 일으켰다. 또 〈조선일보〉를 비롯한 여러 신춘문예에서는 SF 색채를 가진 작품이 당선되어 화제가 되었다. 이는 SF가 그만큼 대중화되고 있음을 보여주는 한편, 아직도 SF에 대한 오해와 부정적인 시각이 남아 있음을 시사한다.

SF는 이미 가장 큰 대중문화 장르로 정착되었다. 할리우드 영화, 특히 블록버스터 중 상당수가 SF이며, 일본 애니와 특촬물에서도 SF의 인기는 줄어들지 않는다.

중국 역시 류츠신의 『삼체』가 인기를 끈 이래 SF 붐이 일어나 중·고등학교에 SF 창작 모임이 많이 생겼으며, SF 작품의 초판을 3만 부 이상 인쇄할 만큼 성장하고 있다. 『삼체』가 번역 부문이 아닌 장편 부분에서 휴고상을 받은 것만으로도 중국 SF의 수준을 알 수 있다.

유독 한국에서만 SF는 '황당하다'거나 '어렵다'는 오해 속에 성장이 정체되고 있다. SF 영화는 재미있게 보면서도

SF 소설은 어렵다고 생각하는 SF 팬들은 한국 작품을 외면한다. 이는 SF가 '과학적 상상력으로 재미를 주는 장르'라는 기본적인 사실을 잊고 있기 때문이다.

SF를 쓰기 위해 과학을 배우는 건 좋지만, 이를 위해 스티븐 호킹의 『시간의 역사』 같은 과학 전문서를 섭렵해야 하는 것은 아니다. SF를 쓰기 위해 좋은 SF 작품을 보는 건 좋지만, 취향에 맞지 않는 걸 억지로 볼 필요는 없다. 아서 클라크의 『2001 스페이스 오디세이』는 매우 훌륭하고 재미있지만, 『우주형제』 같은 만화나 〈마션〉 같은 영화도 괜찮다.

SF를 보는 이유는 SF가 미래의 가능성을 보여주기 때문은 아니며, 상상력을 키워주거나 과학 공부에 도움이 되기 때문도 아니다. 그저 다른 장르와 차별되는 과학적 상상력이 주는 재미가 있기 때문이다.

좋은 SF는 자연스럽게 재미를 전하며 경이로움과 감동을 준다. SF의 불모지인 한국에서 『마션』 같은 소설이 성공한 이유는 이 작품이 편하게 볼 수 있으며, 이야기를 통해 과학적 상상력과 재미를 느낄 수 있기 때문이다. 과학 설정이나 이론에 집착하고, 철학적 고찰이나 논의를 따지기보다 먼저 재미를 생각하는 것이 좋은 SF를 쓰기 위한 가장 좋은 방법이다.

SF와 웹소설

웹소설을 읽거나 써본 이들은 알겠지만, 웹소설은 책으로 나온 장편 작품보다 신문 연재소설처럼 짧은 호흡으로 구성된 것이 많다. 굳이 말하자면 미국 드라마나 일본의 TV 애니메이션 같은 느낌이라고 할까? 소설 『반지의 제왕』처럼 긴 설정을 늘어놓기보다는 바로 사건이 터지면서 바로 이야기가 시작되는 것이 훨씬 쉽고 재미있으며, 매 회 흥미로운 무언가가 제시되어야 한다.

짧은 호흡의 웹소설에서 눈길을 끌려면, 미국 드라마처럼 매 회마다 기승전결로 구성된 짧은 사건을 만드는 것도 좋지만, 휴 하위의 소설 『울』처럼 첫 편에서 작품의 특징을 전달하고 사람들이 계속 보게끔 유도하는 것도 좋다. 호시 신이치의 「쇼트쇼트」[8]나 드라마 〈환상특급〉처럼 특이한 아이디어로 독립적인 이야기를 나열하며 연재하는 방법도 있다(굳이 비교하면 웹툰의 '일상물'에 가깝다).

무엇보다 중요한 것은 SF나 판타지의 특이한 설정에 너무 빠져든 나머지 장황하게 배경 설명을 늘어놓기보다는 그 안의 이야기에 초점을 맞추어야 한다는 점이다. SF는 재미있는 이야기이며, 특이한 세계 그 자체가 아니라 그 세계 안에서 벌어지는 이야기가 즐거움을 주는 것이기 때문이다.

---

8. 한 편이 몇 쪽 밖에 되지 않는 매우 짧은 단편. 보통 하나의 아이디어를 가지고 사람들을 놀라게 만드는 구조로 호시 신이치는 1000편이 넘는 쇼트쇼트 소설을 만든 것으로 유명하다. 손바닥(掌)처럼 작다고 해서 '장편掌篇'이라고도 부른다.

SF에서는 과학적 상상력이 필요한 만큼 과학책이나 잡지를 꾸준히 보면서 다양한 과학 상식을 쌓고, 여러 SF 작품에서 아이디어를 얻는 것이 좋다.

작법

SF 작가에게 듣는 SF 쓰는 법

김창규

SF 이야기를 만드는 일의 한복판에 있고 지금까지 많은 분들께 크고 작은 노하우를 전하고 있지만, 경험에 기반해 창작론을 펼치는 일은 쉽지 않다. 그 이유는 대략 세 가지를 꼽을 수 있다.

첫째, SF의 영역은 실로 광활하다. 둘째, 다른 장르보다 상상력의 비중이 훨씬 크다. 셋째, SF에는 만만치 않은 핵심 요소, 즉 과학이 떡하니 자리하고 있다. 그러다 보니 SF 창작을 꿈꾸는 분들께 전달하고픈 얘기는 산더미처럼 많고 머리카락처럼 복잡하다. 하지만 여기에서는 SF를 만드는 동안 늘 염두에 두길 바라는 몇 가지 요소를 집중적으로 짚어볼 것이다. 그러면 막연해 보일 수 있는 SF의 길이 상당히 또렷해질 테니까.

아이디어란 무엇인가

어느 날 포털 사이트를 보던 중 '지카 바이러스'가 급속하게 퍼져나가고 있다는 우울한 뉴스를 접했다. 이 기사를 읽고 지카 바이러스(또는 그와 유사한 바이러스)가 확산되는 상황을 그려보자고 마음을 먹는다. 그러면 SF의 초석이 되는 아이디어를 얻은 걸까?

대답은 아니오이다. 지카 바이러스가 연구 대상임은 맞지만 이 단계에서는 SF에서 이야기에 해당하는 부분이 빠져 있다. 연구자 입장에서 과학적인 예상을 해보려는 게 아니라 어디까지나 이야기를 만들고자 하므로, 아직 아이디어는 완성된 것이 아니다. 이제 지카 바이러스라는 소재에 살을 더 붙여본다.

> 지카 바이러스가 변이를 거듭하던 어느 순간부터 생존이 불가능한 기형아들만 태어나게 되고, 인류는 멸망한다.

이제 기초적인 틀이 갖춰졌다. 이제 아이디어가 완성된 걸까? SF를 좋아하는 지인에게 이 틀을 들려줘보자. 지인이 흥미를 보이며 얼른 소설로 옮기라고 재촉할까? 그보다는 한낱 일상적인 잡담으로 여기고 말 것이다. 이 틀에는 사건의 시작과 충분히 예상 가능한 결말만 있을 뿐 흥미를 끄는 요소가 없다. 흥미란 어떤 경우에 생길까? 독자가 작

중인물에게 감정을 이입하여 그의 앞날에 관심을 가지는 경우거나 사건이 어떤 식으로 전환될지 기대하는 경우일 것이다.

여기에 흥미를 끌 만한 요소를 추가해보자.

> 급속하게 퍼져나가던 지카 바이러스가 A 국가에는 퍼지지 않는다는 소문이 돌자 인류에게 희망의 빛이 보이기 시작하지만, 그 실체는 쉽사리 밝혀지지 않는다.

이 문장을 조금 전 그 무뚝뚝한 친구에게 다시 전해보자. 이제 친구가 관심을 가질 요소가 생겼다. 친구는 이렇게 묻는다. "실체가 뭔데? 그 이유는 또 뭐고?"

이 단계에서 아이디어의 초석은 완성된 셈이다. 아이디어 하나 만드는 게 뭐 이리 어렵냐고 불평할 수도 있겠지만, 아이디어 단계에서 심사숙고하고 공을 들이는 것은 비단 SF뿐 아니라 모든 장르에서 중요하다. 또한 집필에 들어간 후 A4 용지 30매에 해당하는 글을 지우고 다시 시작하는 것보다는 아이디어와 씨름하는 편이 훨씬 낫다. 정신 건강을 위해서라도.

과학과 자체 개연성

SF에서 과학은 작가를 지켜주는 무기이자 양식이다. 그와 동시에 숙제이며 짐이기도 하다. SF를 쓰고자 하는 많은 분들이 던지는 첫 번째 질문은 "과학 지식을 얼마나 알아야 하느냐"이다. 그때 필자가 제일 먼저 하는 대답은 "여러분은 과학 논문을 쓰는 사람이 아니다"이다.

앞에서 예로 든 지카 바이러스 이야기를 다시 들여다보자. 이 이야기가 SF인 이유는 뭘까. 바이러스는 과학적으로 실체가 확인된 대상이고, 활동 양식도 논리적으로 알려져 있다. 지카 바이러스의 경우 흰줄 숲모기가 매개체라는 점도 확인된 상태다. 즉 이야기와 사건의 핵심 소재에 과학적인 요소가 들어가 있다.

SF라는 사실이 확보됐다면 앞으로 이야기를 어떻게 전개해나가든 괜찮은 걸까? 간단히 상상해보자. 인류가 지카 바이러스를 이겨내고 살아남은 이유가 한국의 어느 무속인이 목숨을 바쳐가며 산신에게 간절히 빌었고, 영험한 산신이 지카 바이러스를 전멸시켰기 때문이라면 그 이야기는 더 이상 SF가 아니라 다른 영역으로 넘어가버리고 만다.

그럼 바이러스로 인한 인류 멸망 이야기를 쓰기 위해서 생물 과목을 공부하면 될까? 나쁘지 않은 태도다. 어느 수준까지 공부해야 할까? 고등학생 과정? 대학원 과정? 생물학을 공부해 보니 화학을 알아야 하고 분자생물학이 등장하는데 그 끝은 어디란 말인가? 그에 대한 필자의 대답은, **구체적인 지식 수준이나 양은 부차적인 문제이며, 사건의**

전개가 과학적 개연성의 테두리를 심하게 벗어나지 않도록 유지할 만한 시야를 갖추라는 것이다.

미묘한 대답이긴 하지만 SF의 속성을 익히려면 공감이 필요한 대답이기도 하다. SF는 개성이 강한 장르지만 허구이자 이야기라는 점은 다른 장르와 마찬가지다. 따라서 사건의 진행에는 허구에 걸맞는 도약이 있을 수 있고, 발생 확률이 그리 높지 않은 드마라틱한 요소가 삽입될 수 있다. 심지어 지금까지 알려진 과학과는 상충되는 이론을 작가가 의도적으로 삽입할 수도 있다.

예를 들어 현재 과학 이론으로는 광속 제약을 벗어난 우주여행은 불가능하다. 하지만 많은 명작 SF들이 가상의 이론을 세우고 우주를 누비는 주인공들을 그리고 있다. 작품의 개연성을 훼손하는 터무니없는 비약이 아니라, 더 나은 전개를 끌어내고 흥미를 유발하는 효과가 확실하다면 이러한 설정도 허용된다. 더 적극적으로 말하면, 그런 경우라면 적극적으로 권장한다.

이처럼 모호한 경계선을 이해하려면 잠시 집필을 멈추고 인터넷을 뒤져서 저명한 과학자들이 세웠던 '가설'들을 찾아보는 게 도움이 된다. 과학사에 혁신을 가져온 원리를 포함해 모든 과학 이론의 성립에는 하나 같이 '가설'이라는 단계가 있다. 가설이 과학 원리로 남으려면 검증 단계를 거쳐야 한다. 우리는 과학자가 아니므로 과학적인 검증을 받을 필요는 없지만, '설득력과 효과'라는 기준은 있어야 한다. 현대 과학으로 설명할 수 없거나 상충되는 것처럼 보이는 설정을 넣을 경우, 그 설정이 소설의 도입부터 지켜왔던 개연성을 무참히 짓밟고 엉뚱한 곳으로 비약하지는 않는지 잘 고려해야 한다. 이는 모든 이야기가 지녀야 하는 설득력 수준을 유지하기 위해서이기도 하지만, SF가 (작품 속) 세계를 합리적이고 이성적으로 바라보는 장르이기 때문에 더욱 필수적이다. 다소 과장되기는 했지만 앞서 예를 든 산신 이야기는 이런 조건을 어긴 사례다.

과학자, SF의 친구이자 적

과학자가 SF의 적이 될 수 있다는 말은 무슨 뜻일까. SF는 무척이나 다양하다. 작가의 스타일에 따라 과학적인 설명이 중요한 작품도 있고, 그렇지 않은 작품도 있다. 전자의 경우 설득력을 높이기 위해 설명이 들어가야 한다. 하지만 이 설명을 위해 은둔해 있던 천재 과학자가 불쑥 튀어나와 줄줄 읊는다면, 작가 입장에서 무척 편할 수는 있겠지만 독자의 흥미도는 뚝 떨어진다. 예를 들면 이렇다.

"저는 학계에서 인정받지 못하고 살고 있지만, 오래 전부터 A국의 국민들을 연구해왔습니다. 한때 A 국가에는 특정 바이러스가 만연했습니다. 제 이름을 따서 로젠 바이러스라고 부르는 이 바이러스는 감염된 사람들에게 유전자 변

이를 일으켰습니다. 그 결과 단백질 변형이 일어났는데, 덕분에 지카 바이러스가 힘을 발휘하지 못한 겁니다."

장편 SF에서 이런 진행은 나쁜 선택이다. 더 최악은 우리의 은둔 과학자가 이런 대사를 하는 경우다.

"저는 로젠 바이러스를 배양해두고 있습니다. 아무도 관심을 두지 않았지만 이런 날이 올 수도 있다고 생각했으니까요. 이 바이러스를 퍼뜨리면 멸망을 막을 수 있을 겁니다."

이렇게 단숨에 해결될 문제라면 긴 이야기를 만들 필요가 없다. 모든 창작론에서 데우스 엑스 마키나를 비난하는 이유도 같다. 하지만 채택한 아이디어에 과학적 설명을 덧붙여야 한다면 한 사람의 입을 빌려 단숨에 풀어놓기보다는 이야기 전체에 자연스럽게 녹이는 노력이 필요하다. 녹이는 행위를 기승전결, 인물의 성장, 갈등의 고조 및 해소의 리듬에 맞춰 적절히 분산해야 한다. 독자의 긴장감을 끝까지 유지하는 것이야말로 장편 소설의 기본이기 때문이다.

일부 SF 작가들이 '과학자가 등장해서 이론을 설명하지 않는 SF가 가장 좋은 SF'라고 말하는 것도 이와 같은 이유 때문이다. 과학자를 등장시키지 않는 SF는 생각보다 녹록하지 않을 것이다. 그렇더라도 과학자가 갈등의 해결책을 단숨에 제공하는 것만은 피하자.

선택과 집중

선택과 집중은 모든 이야기의 근간이다. 작가는 모든 등장인물의 과거와 현재, 신체적인 특징을 낱낱이 그릴 의무가 없다. 엄격하게 말하자면 이야기의 완성도와 재미와 상관없는 요소는 최대한 생략해야 한다. 주변에서 이야기꾼으로 통하는 사람을 떠올려보자. 사람들이 그의 수다를 재미있어 하는 건 최대한 생략해서 지루함을 없애고, 대신 필요한 부분에 집중하는 능력 때문이다.

SF에서는 선택과 집중의 중요성이 한층 더 높다. SF는 기본적으로 현실과 '**다른 세상**'을 다룬다. 주인공이 어느날 좌변기 속에 열린 미니 웜홀을 통해 시간 여행을 하는 얘기를 만든다고 해보자. SF를 쓸 때는 시간 여행 이야기를 '독특한 사건'으로만 다루는 게 아니라, '**시간 여행이 가능한 세상의 이야기**'로 보는 연습도 필요하다. 변기 타임머신을 이용하는 주인공에게 있어서 세상은 시간 여행이 불가능하던 기존의 세상과 다르다. 그에게 '역사'는 불변의 사실이 아니라 수정이 가능한 대상이다. 세상이 달라졌기 때문에 주인공 역시 이전과는 다른 방식으로 세상과 상호작용을 해야 한다.

그렇다면 독자에게는 어디까지 보여줄 것인가. 여기서 선택과 집중이 필요하다. 시간 여행 능력을 이용해 실패로 끝났던 연애를 성공으로 이끄는 세상만 보여줄 것인가? 혹은

주인공을 정치인으로 두고 한 나라의 미래가 극적으로 바뀌는 이야기를 전개할 것인가? 전자라면 주인공 주변의 인간관계와 감정의 변화에 집중해야 할 테고, 후자라면 최소한 작품 속 세계의 정치적인 역학 관계를 보여주어야 한다.

텔레파시 능력에 관한 이야기를 쓴다고 해보자. 가장 쉬운 방법은 주인공에게 어느날 갑자기 텔레파시 능력이 생겼다고 설정하는 것이다. 이 경우 작가는 주인공의 전반적인 인간관계에 집중하거나 주인공과 밀접한 몇몇 사람을 선택해 등장시킬 수도 있을 것이다. 하지만 모든 사람들이 갑자기 텔레파시 능력을 갖게 된다면? 그런 세상은 우리가 살고 있는 세상과 많이 다르기 때문에, 수많은 인종과 성별, 연령의 사람 중 누구를, 몇 명이나 주인공으로 삼을지 더욱 치밀하게 계산하고 선택해야 한다.

처음 장편 SF를 습작하는 사람들이 흔히 저지르는 실수가 있다. 100년 뒤 세계를 그리겠다는 목표를 두고 상세 설정을 짜나가는 경우가 그것이다. 그런 사람들은 A4 용지 10장에 걸쳐서 시대 배경, 기술 발전 수준, 등장인물의 성격과 성장 배경을 자세하게 짠다. 그리고 설정의 끝 부분에 괄호와 함께 이런 말을 적어놓는다. '줄거리는 구상 중.'

물론 이런 방식이 다 잘못됐다는 얘기는 아니다. 하지만 작가는 미래 대백과사전을 만드는 사람이 아니라는 사실을 명심해야 한다. 독재가 만연한 미래 디스토피아를 그리기 위해 반드시 정치 체제를 다 펼쳐놓을 필요는 없다. 그보다는 특정 사건에 연루되어 인권을 말살당하는 개인과 그를 담당하는 특정 부서에 집중하면 원하는 효과를 더 강하게 이끌어낼 수 있다. 드론으로 가득 찬 하늘을 설명하기 위해서 중국 전자산업의 발전과 항공 역학적 원리를 구구절절 나열할 필요도 없다. 아니, 흡인력 있는 이야기를 만들려면 그렇게 출발해서는 안 된다.

SF는 크든 작든 현실과 다른 세계를 그린다. 그렇다고 해서 그 세계 전부를 낱낱이 보여주는 것은 독자에게도 작가에게도 아무 도움이 되지 않는다. 그보다는 무엇을 생략하고 어느 부분에 확대경을 들이대야 하는지를 고민해야 한다.

메시지와 경이감

SF는 과학적 시각이라는 핵심 요소 때문에 기존 문학에 비해 제약이 심한 것처럼 보이지만 사실은 그 반대다. 왜냐하면 '개연성이 있는 다른 세계'를 그리기 때문이다. 잠시 우리가 살고 있는 지구의 문화와 역사를 돌이켜보자. 세계란 산과 바다, 하늘과 건물, 기계 등으로만 구성되어 있지 않다. 우리는 환경의 영향을 받으면서 세계를 보는 시각을 쌓아왔고, 그 시각은 나라, 민족, 자연환경 등에 따라 풍습을 이루었다. 정의, 사랑, 믿음, 희망 등 여러 가치 또한 이 세계

의 일부를 이루고 있다.

그렇다면, 다른 세계를 그리는 작품은 그 가치 또한 다르지 않을까? 혹은 당연하게 여겼던 사건과 가치를 다르게 그릴 수 있지도 않을까?

SF에는 과학적인 논리 게임부터 단순한 우주 활극을 다루는 스페이스 오페라와 지금까지 한 번도 생각해보지 못한 상황에서 현실을 돌아보게 만드는 작품까지 실로 다양한 이야기가 있다. 우열을 가릴 수는 없지만 유난히 여운이 남고 기억에 새겨지는 작품들이 있다. 그런 작품들은 크게 둘로 나뉘는데, 작가가 심사숙고하고 잘 숙성시킨 메시지가 담긴 경우와 경이감을 끌어내는 경우이다.

과거로 돌아가서 다른 선택을 할 수 있는 시간 여행 SF를 떠올려보자. 주인공이 결정을 바꾸거나 이전과 다른 말을 하면 미래(주인공이 출발했던 시점에서 본다면 현재)가 바뀐다. 과거를 바꾸고 돌아와 보니 내가 천사라고 믿고 살았던 연인이 실은 악마 같은 속내를 드러낼 수도 있다. 그 반대도 충분히 가능하다. 작가는 이렇게 SF적인 장치를 도입해서, SF가 아닌 이야기로는 전할 수 없거나 전하기 힘든 메시지를 효과적으로 전할 수 있다.

과거에 영향을 주고 돌아오기를 반복한 주인공은 마침내 한 가지 사실을 깨닫는다. 내 연인은 천사처럼 보이는 악마이거나, 그 반대되는 존재가 아니라 말 한 마디, 사건

하나에 영향을 받아 얼마든지 변할 수 있는 존재라는 사실을 말이다. 이 경우 우리는 시간 여행이라는 장치를 이용해 인간의 속성에 관한 메시지를 효과적으로 전할 수 있을 것이다.

독자의 독서 경험에서 지워지지 않는 SF를 쓰고 싶다면 경이감이란 요소도 생각해봐야 한다. SF작가나 독자들 중에는 경이감이 있어야 잘 만든 SF라고 강조하는 이들도 있다. 하지만 SF에 이제 막 도전하는 작가의 경우 경이감이란 쉬이 획득하기 힘든 요소이다.

고대 그리스 시대의 학자 중에는 지구가 둥글다는 사실을 증명해낸 사람들이 있다. 그 증거를 처음으로 확인했을 당시 충격이 얼마나 컸을지 짐작해보자. 직관적으로 평평해보이는 세상이 사실은 구형이라는 걸 알게 되면 세계를 보는 시각도 완전히 바뀌어야 한다. 별자리의 변화와 항해 방법도 달리 해석해야만 한다. 세상을 다른 눈으로 보게 되는 충격, 또는 세상의 이면을 알아채는 순간에 느끼는 놀라움을 경이감이라고 한다.

필자가 여러 번 강조하듯 SF는 허구이면서 과학적인 시각에 기반을 두는 장르이기 때문에 창작을 통해 그런 경이감을 느끼게 할 수 있다. 지구에 토성처럼 고리가 있다면 하늘은 지금과 얼마나 달라 보일까. SF는 적절한 설정을 곁들여 그런 광경을 자연스럽게 묘사할 수 있다. 구름 한 점

없는 밤하늘에 갑자기 별이 전부 사라진다면 사람들은 어떻게 반응하고 우리 삶은 어떻게 바뀔까. 현재 우리가 알고 있는 태양계와 은하계에서 그런 일이 벌어질 확률은 낮지만, 특정 조건에 집중하고 선택한다면 작품 속에서는 얼마든지 그릴 수 있다.

경이감은 단순히 풍경과 상황에서 느낄 수 있는 것은 아니다. 우리는 교육을 통해 인간이 진화하는 하나의 종이라고 배우지만 그 사실을 늘 자각하고 있지는 않다. 간혹 인간이 진화의 최종적인 모습이라고 믿는 사람들도 있다. 그러나 SF에서는 환경 변화에 따라 지금과 다른 모습으로 진화한 인류를 등장시킬 수도 있고, 탄소 기반으로 활동하지 않는 외계 생명체를 등장시킬 수도 있다. 아직 밝혀지지 않은 과학 지식을 잘 만들어내어 광속의 한계를 넘나드는 문명을 그릴 수도 있다.

우리는 그런 설정과 이야기 속에서 활동하는 인물을 만들고 제시함으로써 독자가 지구에서 멀리 떨어진 어느 행성에서 살아볼 수 있게 하고, 우주가 얼마나 넓은지 느끼게 할 수 있다. 태양계나 은하계라는 한계를 벗어나는 위기와 사건을 그려서 독자가 자아를 확장하는 느낌을 맛보게 할 수도 있다. 이런 SF 설정들은 기본적으로 과학에 기반을 두기 때문에 거기서 느끼는 경이감은 막연한 황홀감보다 더 실감나게 다가온다. '절대로 있을 수 없는 일'이 아니라 '어쩌면 있을 수도 있는' 일이기 때문이다.

작가의 의도에 따라 메시지와 경이감이 일치하는 경우도 있다. 예를 들어 진화를 비롯한 생물학적인 법칙에서 절대 벗어날 수 없는 인류의 한계와 그 한계를 기술로 극복하는 미래를 그리는 경우가 이에 해당한다. 독자에게 그런 경이감을 전달하는 작품이야말로 SF 작가들이 욕심내볼 만한 정점일 것이다.

조심스럽게 당부하고 싶은 말씀

작가란 기본적으로 자신의 작품을 완전하게 통제하고 조종하는 존재여야 한다. 그러자면 이어가고 싶은 이야기와 인물의 힘을 빌려 하고 싶은 말, 그리고 소설 구성을 늘 머릿속에서 빚고 있어야 한다. 영감과 통찰은 예고 없이 찾아오는 씨앗이지만, 의식적·무의식적으로 계속해서 밭을 관리하지 않으면 뿌리를 내리지 못한다.

과학 지식을 쌓고 첨단 기술에 익숙해지는 것만으로는 좋은 SF를 쓰기 어렵다. 과학은 단순히 지식의 총합이 아니라 세계를 합리적으로 이해하려는 태도와 노력의 결실이다. 그 합리성이 빛을 발하고 이야기와 결합하기 위해서는 지식만으로는 부족하다. 무엇보다 말초적인 감상이나 직선적인 적대감처럼 독자의 상상력과 시야를 좁히는 자극은 작품에 도움이 되지 않는다.

SF작가에게는 무엇보다도 글을 읽어줄 동족, 즉 **인간이 만들어가고 있는 세상과 인간 그 자체를 열린 마음으로 다양한 시각에서 이해하고자 노력하는 일**이 필수이다. 전달하고자 하는 메시지와 독자와 공유하고 싶은 남다른 시각은 그런 노력으로 조금씩 만들어지는 법이다.

SF 작품 한 편을 만들기 위해서는 상상을 가로막는 장벽과 게으름, 매너리즘을 느끼며 써온 글을 지워버리는 행위와 이유 없이 줄어드는 자신감 등을 이겨내야 한다. 하지만 작가 스스로 '즐길 수 있는' 줄거리를 만들어냈다면 그런 시련은 충분히 이겨낼 수 있다.

작가에게 있어 이야기를 만들어내는 과정은 곧 숨을 쉬고 살아가는 삶이기도 하다. 그리고 **삶이란 즐거워야** 하지 않겠는가. 그러니 SF 고유의 재미와 경이감을 즐기면서 글을 쓰길 바란다. SF의 독자들은 남다른 메시지와 고유한 재미를 겸비한 작가의 등장을 바라고 있으니 말이다.

부디 이 글을 읽은 분들이 그런 독자에게 만족감을 주면서 스스로도 즐길 수 있는 작가가 되시기를, 한 사람의 작가이자 독자로서 바라마지 않는다.

부록

SF를 이해하는 데 도움이 되는 작품들

참고 도서

『아이작 아시모프의 과학소설 창작백과』 아이작 아시모프 지음, 김선형 옮김, 오멜라스, 2008

SF의 다양한 소재에 대한 아시모프의 에세이와 그의 단편 소설을 함께 소개한 책. SF 창작에 필요한 여러 가지 아이디어뿐 아니라, 이들을 실천한 작품도 있어서 SF에 대한 이해를 높이는 데 도움을 준다.

『당신도 해리포터를 쓸 수 있다』 오슨 스콧 카드 지음, 송경아 옮김, 북하우스, 2007

『엔더의 게임』의 작가 오슨 스콧 카드가 집필한 SF와 판타지 창작법에 관한 책. SF의 세계를 만들고 SF 속 법칙을 구성하며 이를 바탕으로 이야기를 만드는 방법을 소개하고 있다.

『장르 글쓰기 : SF·판타지·공포』 낸시 크레스 외 지음, 지여울 옮김, 다른, 2015

SF와 판타지, 공포 장르의 작가들이 자신들의 글쓰기에 대한 노하우를 정리한 책. SF 창작을 체계적으로 정리한 책은 아니지만, 각 장르 글쓰기에서 중요한 포인트를 소개하고 있다.

『SF 가이드 총서』 고장원 지음, 부크크, 2015

외계인, 인공지능, 재난물처럼 SF의 여러 소재에 대해서 기존의 작품과 경향을 소개한 책. 각 소재별로 1권씩 구성되어 있어 매우 체계적인 내용을 담고 있다. 주문 출판 방식으로 선보이고 있다.

『SF 부족들의 새로운 문학 혁명, SF의 탄생과 비상』 임종기 지음, 책세상, 2004

SF의 역사와 여러 주제에 대해 정리한 입문서. 대표적인 SF 소재와 주요 작품의 특성을 소개한다.

소설

『2001 스페이스 오디세이』 아서 C. 클라크 지음, 김승욱 옮김, 황금가지, 2004

스탠리 큐브릭 감독의 영화로도 잘 알려진 작품. 외계인이 인류의 진화를 이끌었다는 설정으로 우주 저편으로의 여정을 통해 인류와 기계의 미래를 매력적으로 그려냈다. 영상미에 치중한 영화와 달리 온갖 설정과 구성을 이해하기 편하다.

『견인도시 연대기』 시리즈, 필립 리브 지음, 김희정 옮김, 부키, 2011

큰 전쟁으로 인류 문명이 파괴된 미래를 무대로 독특한 세계의 이야기를 그려낸 작품. 포스트 아포칼립스 작품에 스팀펑크 분위기를 더한 청소년 성장 소설로서 SF 초보자도 쉽고 재미있게 볼 수 있다.

『당신 인생의 이야기』 테드 창 지음, 김상훈 옮김, 행복한책읽기, 2004

중국계 미국 작가 테즈 창의 단편집. SF의 다양한 소재를 깊이 있는 사고로 해석한 작품으로, 읽을 때마다 다른 재미를 느끼게 하는 매력과 문학적 깊이를 갖고 있다.

『리틀 브라더』 코리 닥터로우 지음, 최세진 옮김, 아작, 2015

'테러에 대한 대비'를 이유로 시민들을 억압하는 어두운 미래상을 그린 작품. 현대적인 해킹이나 네트워크 감시 기술을 동원하여 사실적으로 구성하였으며, 청소년을 주인공으로 하여 친근하고 유쾌하게 볼 수 있다.

『마션』 앤디 위어 지음, 박아람 옮김, 알에이치코리아, 2015

화성 탐사 중 조난된 주인공이 화성에서 생존하며 지구로 돌아가는 이야기. 실제 화성 탐사 계획을 바탕으로 한 만큼 과학적인 사고로 문제를 해결하는 과정이 매우 자연스럽다.

『마이너리티 리포트』 필립 K. 딕 지음, 조호근 옮김, 폴라북스, 2015

〈블레이드 러너〉를 비롯해 여러 영화의 원작자로 알려진 필립 K. 딕의 단편집 중 하나. 미래 범죄라는 시스템과 암울한 미래상을 그린 표제작이나 기계끼리 전쟁을 하는 「두 번째 변종」 같은 작품은 독자들을 섬뜩하게 만들기에 충분하다.

『마일즈 보르코시건』 시리즈, 로이스 맥마스터 부졸드 지음, 이지연 외 옮김, 씨앗을뿌리는사람

장애를 갖고 태어난 주인공 마일즈가 재치와 노력으로 온갖 사건을 해결해나가는 내용을 그린 스페이스 오페라. 우

주를 무대로 한 모험을 소재로 했지만, 여성 작가 특유의 감수성으로 깊이 있는 이야기를 엮어냈다.

『비명을 찾아서』 복거일 지음, 문학과지성사, 1987

일본이 한국을 강점하고 있는 1987년을 무대로, 그 세계에서 살아가는 조선인의 삶을 사실적으로 그려낸 대체역사물. 뒤바뀐 역사 속의 삶이 진짜로 존재하는 듯한 느낌을 준다.

『세계대전 Z』 맥스 브룩스 지음, 박산호 옮김, 황금가지, 2008

좀비가 넘쳐나는 암울한 세계에서 일어날 수 있는 여러 이야기를 인터뷰 형식으로 엮은 가상 기록. 좀비에 대해 생각할 수 있는 온갖 가능성과 그 가능성에 매달리는 인간의 모습을 통해 재미를 준다.

『스타십 트루퍼스』 로버트 하인라인 지음, 김상훈 옮김, 황금가지, 2014

머나먼 미래를 무대로 곤충형 외계인과 싸우는 전사를 주역으로 한 군사 SF. 기동보병의 삶과 미래 전쟁, 그리고 사회의 모습을 사실적으로 그려냈다.

『아이, 로봇』 아이작 아시모프 지음, 김옥수 옮김, 우리교육, 2008

아시모프의 로봇 작품을 모은 단편집. 로봇과 함께 살아가는 세계를 무대로 로봇과의 관계에서 생길 수 있는 다양한 문제와 그 해결책을 보여주는 작품으로, 인공지능에 대한 작가의 폭넓은 생각을 엿볼 수 있다.

『은하수를 여행하는 히치하이커를 위한 안내서』, 더글라스 애덤스 지음, 김선형·권진아 옮김, 책세상, 2005

지구가 사라지면서 우주를 여행하게 된 주인공을 통해서 우주적인 규모의 농담을 연출한 작품. 기발한 발상과 역전적인 이야기로 재미를 준다.

『이웃집 슈퍼 히어로』 김보영 외 지음, 황금가지, 2015

슈퍼 히어로를 소재로 한 여러 작가의 작품을 모은 책. SF뿐 아니라 판타지, 무협 등 다양한 장르의 슈퍼 히어로가 눈길을 끈다.

『조커가 사는 집』 듀나 외 지음, 작은책방, 2015

과천과학관에서 진행한 2014 SF 어워드 단편 부문 수상작과 초대 작가의 작품을 모은 SF 단편집. 좀비부터 사이버네틱스까지 다양한 소재의 SF 작품을 만날 수 있다.

『해저 2만리』 쥘 베른 지음, 김석희 옮김, 열림원, 2007

해저 여행물의 고전. 100년도 넘은 작품이지만, 괴팍하면서도 매력적인 네모 선장과 함께하는 바닷속 이야기는 지

금도 수많은 사람들을 매혹시키며, 지금 이 순간 어딘가에서 벌어지는 일일지도 모른다는 생각을 갖게 한다.

『진화신화』 김보영 지음, 행복한책읽기, 2010

한국의 신화적 상상력을 바탕으로 만든 SF 우화로 독특한 아이디어가 눈에 띄는 작품집. 한국적인 SF 작품의 매력을 갖고 있다.

『갈릴레오의 아이들』 로버트 실버버그 외 지음, 김명남 외 옮김, 시공사, 2007

미신에 맞서는 과학 이야기를 SF로 엮은 작품집. 과학이라는 것이 잊혔을때 세상의 모습이 어떻게 되는지, 과학이 삶에 어떻게 영향을 주는지에 대해 흥미롭게 풀어냈다.

『콘택트』 칼 세이건 지음, 이상원 옮김, 사이언스북스, 2001

천문학자인 칼 세이건의 상상력이 풍성하게 담긴 작품. 외계인이 우리에게 신호를 보냈을 때 우리는 어떻게 그에 대응하는지, 그것이 우리의 삶에 어떤 영향을 미칠지를 차분하게 정리한 작품. 영화로도 알려졌다.

『타임 패트롤』 시리즈, 폴 앤더슨 지음, 강수백 외 옮김, 행복한책읽기

시간 여행을 악용하는 범죄자를 막기 위한 타임패트롤의 활약을 그린 이야기. 역사 왜곡을 막을 뿐만 아니라, 시간 여행이 가져올 수 있는 기묘한 현상을 느끼게 한다.

『파운데이션』 아이작 아시모프 지음, 김옥수 옮김, 황금가지, 2013

수천 년에 걸친 은하 제국의 종말과 함께 새롭게 떠오른 과학의 섬, 파운데이션을 배경으로 야만의 세계에서 새로운 국가가 성장하는 이야기를 담은 대하 서사극. 심리 역사학이라는 특별한 학문을 기반으로 진행되는 파운데이션의 성장은 실제로 미래에서 벌어질 것처럼 생생하다.

『영원의 숲』 스가 히로에 지음, 이윤정 옮김, 포레, 2012

우주에 떠 있는 거대한 박물관을 무대로 아름다움을 수집하는 학예원들의 이야기를 그려낸 작품. 사람이나 종족에 따라 예술의 가치가 달라질 수 있다는 메시지와 진정한 예술의 의미를 찾아가는 과정이 감동적으로 다가온다.

『호시 신이치의 플라시보』 시리즈, 호시 신이치 지음, 윤성규 옮김, 지식여행

짧게는 1~2쪽으로 완성되는 쇼트쇼트 작품 모음집. 평생 1,000편이 넘게 다채로운 발상을 선보인 호시 신이치의 기묘하고 초차원적인 아이디어가 넘쳐난다. 특이한 이야기를 찾고 싶을 때 유용하다.

영화·드라마·애니메이션

〈공각기동대〉

〈매트릭스〉와 함께 사이버펑크물의 대표작으로 손꼽힌다. 네트워크가 발달하고 인간을 기계로 바꿀 수 있는 미래를 무대로, 인간이라는 존재를 생각하게 하는 작품이다. 스스로 인간이라 선언하는 프로그램과 기계 몸을 가진 인간이 자신의 존재를 고민하는 이야기는 많은 이들에게 영감을 주었다.

〈그날 이후〉

핵전쟁 이후 미국의 작은 마을을 무대로 죽어가는 사람들의 이야기를 다루고 있다. 냉전이 극에 달한 시기에 소개된 이 작품은 핵전쟁의 공포를 사람들에게 각인시켰고, 많은 이들에게 반핵 의식을 심어주는 데 기여했다.

〈닥터 후〉

영국에서 만든 이 드라마는 시간 여행 이야기인 동시에 우주를 무대로 한 독특한 유머와 괴이가 넘쳐나는 작품이다. 타임로드라 불리는 닥터와 함께 시공을 여행하면서 겪게 되는 이야기는 초차원적인 재미를 선사한다.

〈매드맥스 2〉

석유 고갈로 핵전쟁이 일어난 미래를 무대로 포스트아포칼립스 세계관을 잘 그려낸 작품. 폭력이 넘치고 야만이 판치는 세계의 모습은 이후 많은 작품에 영감을 주었다.

〈맨 프럼 어스〉

제한된 공간에서 오로지 대화를 통해 주인공의 행적과 인류의 역사를 되새겨보는 걸작 SF 영화. 치밀한 이야기와 설정이 결말에 이르러 반전을 여러 번 제시하며, SF의 핵심 요소라 할 수 있는 경이감도 듬뿍 제공한다.

〈바람 계곡의 나우시카〉

문명이 파괴되고 오염된 세계에서 살아가는 사람들을 그린 작품. 극에 달한 문명이 스스로를 파괴하고 자연이 오염된 세계를 정화하는 세상에서의 인간의 삶과 새로운 신화를 흥미롭게 엮어냈다. 만화책을 통해 더 긴 이야기를 만날 수 있다.

〈블레이드 러너〉

필립 K. 딕의 원작을 바탕으로 만든 영화. 디스토피아적인 미래를 무대로 합성 인간을 사냥하는 블레이드 러너의 활약과 오직 생존만을 바라며 인간처럼 살아가려는 합성 인

간의 모습을 통해서 인간성에 대한 의문을 제기한다.

〈사이코패스〉

인간의 범죄 수치를 계량화하여 통제할 수 있게 된 사회를 무대로 잠재적 범죄자를 처단하는 사람들의 이야기를 그렸다. 안정적 삶을 위해 결혼조차 시스템에 맡겨버린 사회를 통해 인간으로서의 자아와 삶을 생각하게 한다. 홀로그램이나 드론 같은 다양한 SF 속 가젯들이 매우 자연스럽게 생활에 녹아 있다.

〈스타워즈〉

우주를 무대로 거대한 전쟁 속에 펼쳐지는 가족의 이야기를 그린 스페이스 오페라. 누구나 쉽게 접근할 수 있는 보편적인 재미로 SF의 매력을 펼쳐낸다.

〈스타트렉〉

미지의 우주를 여행하는 엔터프라이즈호의 모험을 그린 드라마. 동서양의 여러 인종뿐만 아니라 외계인을 포함한 다양한 종족이 함께 생활하는 우주선을 무대로 펼쳐지는 이야기로 과학의 밝은 비전을 전하는 작품.

〈시간을 달리는 소녀〉

과거로 갈 수 있는 능력을 갖게 된 소녀의 이야기. 시간 여행 기술을 이용해서 자신이 하고 싶은 대로 하지만, 그로 인해 변해가는 세상을 보며 현재의 소중함을 느낀다.

〈카우보이 비밥〉

우주여행이 보편화된 미래를 무대로 현상범을 사냥하는 범죄 헌터의 생활을 그린 작품. SF의 다양한 설정이 뒤섞인 스페이스 오페라의 매력을 뿜어낸다.

〈아키라〉

3차 세계대전 후 네오도쿄를 무대로 한 작품. 실험으로 초능력을 얻은 소년에 의해 세계가 파괴되는 이야기로 훌륭한 작화와 연출 기법으로 이후의 많은 작품에 영향을 주었으며, 사이버펑크적인 디스토피아 세계를 이야기할 때 빼놓을 수 없는 작품이다.

〈에일리언〉

외계 생명체인 에일리언과의 싸움을 엮은 작품. 에일리언이라는 괴물도 무섭지만, 어떤 이유에선지 그 에일리언을 지키고 이용하려는 인간의 모습이 더 무시무시하게 보이는 우주 공포물.

〈엑스파일〉

현대를 무대로 음모론을 엮은 드라마. 대중적인 음모론을 뒤섞어서 엑스파일만의 세계관을 구성하였으며, 음모론을 이용한 이야기를 참고할 때 빠지지 않는 작품.

〈은하철도 999〉

사이보그 몸으로 영생을 얻고자 은하철도에 탑승한 주인공 일행의 여정을 그린 작품. 여행 중 벌어지는 독특한 이야기는 우주라는 광대한 세계에서 생길 수 있는 다양한 가능성을 보여준다.

〈인터스텔라〉

상대성이론에 대한 충실한 묘사와 연출이 돋보이는 영화. 황폐해지는 지구에서 대피하기 위하여 웜홀을 넘어 우주 개척지를 찾아가는 여정을 그린 작품으로, 상대성이론에 따른 다양한 효과를 충실하게 묘사했다.

〈전뇌코일〉

전뇌 안경이 개발된 근미래의 소년, 소녀가 전뇌 세계에 대한 도시 전설을 밝혀나가는 작품. 증강현실이 보여주는 미래 모습을 충실하게 보여준다.

〈터미네이터 2〉

미래에서 찾아온 로봇이 미래 세계의 전사인 주인공과 그 어머니를 보호하는 이야기. 1편에서 시간 여행의 가능성과 로봇의 공포를 보여주었다면, 2편에서는 인공지능의 발전과 공존 가능성으로 감동을 전했다.

〈파프리카〉

꿈 세계에 잠입하여 정신적인 문제를 해결하는 꿈 탐정의 이야기로 현실과 꿈이 뒤섞인 몽환적인 세계를 잘 연출한 작품.

〈플라네테스〉

가까운 미래, 우주 쓰레기가 문제가 된 시대에 쓰레기 회수를 맡은 주인공 일행의 일상을 그린 작품. 우주 세계를 무대로 지구에서는 생각할 수도 없는 다양한 삶의 모습을 그렸다.

만화

『기생수』 히토시 이와아키 지음, 학산문화사

인간의 팔에 기생하게 된 기생수와 공존하는 삶 속에서 인간 본성을 잃어가는 주인공과 아이를 가짐으로써 인간적인 마음을 갖게 되는 기생수의 모습을 그린 작품이다.

『덴마』 양영순 지음, 네오카툰, 2016

특수한 능력을 가졌지만, 우주 택배 회사와 계약 후 어린아이의 몸에 갇히게 된 덴마를 중심으로 여러 인물들의 생활을 그린 이야기. 기술이 발달하고 기업과 개인의 이기주의가 판치는 우주를 무대로 인간의 모습이 매력적으로 펼쳐진다.

『도라에몽』 후지코 F. 후지오 원작, 1969

미래에서 온 고양이 모양 로봇이 다양한 도구로 주인공을 돕는 이야기. 도라에몽이 내놓는 다양한 발명품과 주인공 일행의 다채로운 모험이 즐거움을 준다.

『브레이크 에이지』 바토 치메이 지음, 김완 옮김, 이미지프레임, 2015

자신이 설계한 로봇을 조종하여 가상현실 로봇 게임을 하는 소년 소녀들의 생활을 그려낸 작품. 게임을 통해 우정을 나누고, 자신의 가치를 찾아가는 내용이 잘 연출되었다. “언제나 아이들이 즐겁기를”이라는 메시지가 눈에 띄는 작품.

『슈퍼맨 시크릿 아이덴티티』 커트 뷰식 글·스튜어트 이모넨 그림, 최원서 옮김, 시공사, 2011

만화 『슈퍼맨』의 주인공과 똑같은 이름을 가진 소년이 초능력을 얻으면서 변화하는 삶을 그린 작품. 초인이 존재한다면, 어떤 생각을 갖고 살아갈지 사실적으로 그려냈다.

『스프리건』 미나가와 료지·타카시게 히로시 지음, 대원씨아이

고대 문명이 사실은 초과학 문명의 산물이라는 설정의 작품.

『스피릿 오브 원더』 츠루타 겐지 지음, 오주원 옮김, 세미콜론, 2012

잔잔한 일상 세계를 배경으로 과학적 상상의 경이로운 가능성을 펼쳐낸 작품. 달을 작게 복사하여 파괴함으로써 실제 달을 ‘지구를 둘러싼 링’으로 만들거나, 에테르를 이용해 화성을 여행하는 등의 설정은 허황되지만, 진지하고 자연스럽게 이야기를 펼쳐내면서 설득력을 부여한다.

『우주형제』 츄야 코야마 지음, 서울문화사

우주로 나가는 꿈을 꾼 두 형제가 달 개발의 최전선에서 활동하는 이야기. 가까운 미래를 무대로 매우 사실적인 연출

과 이야기가 눈길을 끌며, 우주를 향한 희망의 메시지를 보여준다.

『워킹 데드』 로버트 커크먼 글, 찰리 아들라드 그림, 장성주 옮김, 세미콜론

좀비가 넘쳐나는 종말론적 세계에서 살아가는 인간의 이야기. 처음에는 좀비(워커)를 피해 다니던 인간들이 그 세계에서 얼마나 미쳐버릴 수 있는지를 보여주며 '인간의 공포'를 전한다.

『총몽』 키시로 유키토 지음, 서울문화사

거대한 공중 도시 아래 위치한 고철 마을을 무대로 두뇌를 제외한 모든 생체가 기계가 된 소녀 갈리의 삶을 다룬 작품. 사이버펑크 스타일의 디스토피아 설정과 온갖 기묘한 모양으로 개조된 사이보그의 모습이 독특한 분위기를 내뿜는다.

국립중앙도서관 출판예정도서목록(CIP)

SF / 지은이: 전홍식, 김창규. — 서울 : 북바이북, 2016
p. ; cm. — (웹소설 작가를 위한 장르 가이드 ; 4)

권말부록: SF를 이해하는 데 도움이 되는 작품들

ISBN 979-11-85400-28-0 04800 : ₩9800
ISBN 979-11-85400-19-8 (세트) 04800

문학 장르[文學—]

802.3-KDC6
808.3-DDC23 CIP2016008337

웹소설 작가를 위한 장르 가이드 4

SF

2016년 4월 8일 1판 1쇄 인쇄
2016년 4월 18일 1판 1쇄 발행

지은이 전홍식, 김창규
펴낸이 한기호
펴낸곳 북바이북
출판등록 2009년 5월 12일 제313-2009-100호
주소 121-839 서울시 마포구 서교동 484-1 삼성빌딩A동 2층
전화 02-336-5675 팩스 02-337-5347
이메일 kpm@kpm21.co.kr
홈페이지 www.kpm21.co.kr

ISBN 979-11-85400-28-0 04800
979-11-85400-19-8 (세트)

북바이북은 한국출판마케팅연구소의 임프린트입니다.
책값은 뒤표지에 있습니다.